Claire Scott

Eine Fahrkarte für zwei

Roman

Aus dem Englischen von
Katharina Lange

Oktopus

Der Titel des englischen Originals lautet
Ticket for two.

Für den Blick hinter die Verlagskulissen:
www.oktopusverlag.ch/newsletter

Copyright © 2024 by Claire Scott
Für die deutschsprachige Ausgabe
Copyright © 2024 by Kampa Verlag AG, Zürich
www.oktopusverlag.ch
Covergestaltung: Lara Flues, Kampa Verlag
Covermotiv: © Vito Ansaldi
Satz: Herr K | Jan Kermes
Gesetzt aus der Stempel Garamond LT / 240140
Druck und Bindung: Friedrich Pustet, Regensburg
Auch als E-Book erhältlich
ISBN 978 3 311 30065 6

I

Jona Crawford kam an einem windigen Aprilnachmittag im Jahr 1976 im Royal United Hospital in Bath zur Welt. Die Geburt war unkompliziert. Einmal bat Jona ihren Vater, ihr von diesem Tag zu erzählen.

»Es ging alles sehr schnell ...«, sagte er, die Augen zusammengekniffen und den Mund halb geöffnet – dieses Gesicht machte er immer, wenn er nachdachte –, und dann, nach einer langen Pause, fuhr er fort: »Sehr schnell.«

»Das ist alles?«, fragte Jona.

»Oh, mein Mädchen«, sagte Frank und strich ihr übers Haar. »Das ... das ist etwas Besonderes. Die meisten Babys lassen sich Zeit. Und du ... du bist richtig rausgerutscht.«

Frank konnte sich kaum an den Tag der Geburt seines einzigen Kindes erinnern. Nicht weil es ihm an Freude oder Aufregung gemangelt hätte, sondern weil alles so schnell gegangen war.

Als Jona drei Jahre alt war, starb ihre Mutter. Jonas Vater Frank zog das Mädchen alleine auf. Er war kein praktisch denkender Mann, aber ein liebevoller, und er schenkte ihr eine fast sorglose Kindheit.

Neben dem Vater war die wohl wichtigste Person in

Jonas Leben Keaton Fairchild – Onkel Keat, wie sie ihn nannte. Wichtiger als die tote Mutter, an die sie fast keine Erinnerungen hatte.

Keaton, ein langjähriger Freund ihres Vaters, war freundlich und großzügig und gab einem das Gefühl von Sicherheit. In seiner Gegenwart konnte nichts Schlimmes geschehen. Er war weitgereist und besaß ein Reisebüro in Bath.

Anders als Jona hatte Frank viele Erinnerungen an seine Frau – die Einzige, die Richtige –, doch er sprach nie über sie. Von ihr zu erzählen riss die nie verheilte Wunde in seinem Herzen auf. Wenn ihr Name laut ausgesprochen wurde, vermisste er sie so sehr, dass es kaum auszuhalten war.

Obwohl Jona gerne mehr über ihre Mutter erfahren hätte, verstand sie Frank. Sie hoffte, dass er eines Tages bereit wäre, von Kathleen zu erzählen.

Aber Frank erkrankte an Alzheimer. Und er vergaß, dass er eine Frau gehabt hatte, dass er eine Tochter hatte. Seine Nase war ständig gekräuselt, die Augen immer zusammengekniffen.

Wenn Jona ihn fragte: »Worüber denkst du nach?«, kräuselte er die Nase noch stärker, kniff die Augen fester zusammen und schwieg.

Als Jona einunddreißig Jahre alt war, beerdigte sie ihren Vater, neben dem Grab der Mutter.

Jona hatte sich mit der Hilfe einer Pflegerin, Mrs Barns, um Frank gekümmert.

Mrs Barns, eine resolute Frau mit rotgrauen Haaren,

kam jeden Morgen um sieben Uhr und blieb bis sieben Uhr abends.

Jona verbrachte die Abende mit ihrem Vater Backgammon spielend. Frank versank völlig in dem Spiel. Die Regeln vergaß er nie. Sobald Mrs Barns die Dreizimmerwohnung der Crawfords verließ, holte Frank das Spiel aus dem Regal und baute es auf dem Esstisch auf.

»Backgammon, Miss«, sagte er zu Jona. Seine Gesichtszüge waren entspannt.

Manchmal versuchte Jona ein Gespräch zu beginnen, aber Frank unterbrach sie. »Miss, bitte konzentrieren Sie sich auf das Spiel.«

Nach vielen Partien stand Frank auf.

»Gute Nacht«, sagte er.

Jona folgte Frank in sein Schlafzimmer, half ihm in seinen Pyjama, was er anstandslos über sich ergehen ließ.

Er legte sich hin, Jona setzte sich auf den Stuhl neben Franks Bett und wartete, bis er einschlief.

»Ich liebe dich, Papa«, flüsterte sie und verließ leise das Zimmer. Die Tür ließ sie einen Spaltbreit geöffnet.

Es war keine einfache Situation, weder emotional noch finanziell. Aber Jona akzeptierte ihre Lage ohne Selbstmitleid. Nur manchmal war ihr Herz schwer, weil sie ihren Vater vermisste. Ein seltsames Gefühl, jemanden zu vermissen, der einem gegenübersitzt.

Als Jona sich nicht mehr um ihren Vater kümmern musste, sondern nur um die Gräber ihrer Eltern, zog sie in eine kleinere Wohnung.

1995 ahnte Jona noch nichts von der Krankheit ihres Vaters. Es war ihr letztes Schuljahr. Sie wählte Wirtschaft, Kunst und Englisch als ihre A-Levels, und sie lernte Baptiste Roux kennen. Er war zweiundzwanzig Jahre alt und studierte mit einem Stipendium an der Bath School of Art and Design.

Jona war zum ersten Mal verliebt. Sie konnte kaum fassen, dass Baptiste ihre Liebe erwiderte. Nie hatte sie einen schöneren jungen Mann gesehen als den Franzosen mit seinen schwarzen Haaren und stechend blauen Augen. Stundenlang konnte sie dasitzen und ihn anschauen, wenn er über seine Kunst sprach. Sie hörte aufmerksam zu, wenn er die Bedeutung seiner Arbeitsweise – er wälzte seinen in Farbe getauchten nackten Körper über riesige Leinwände – erläuterte. Nickte, gab ihm recht, bewunderte ihn.

Still saß sie in einer Ecke seines Studios, wenn er sich mit Farbe bespritzt, manchmal schreiend, manchmal singend, über Leinwände rollte. Er sagte, ihre Anwesenheit sei wichtig für seine Kunst. Sie war seine Muse. »*Mon bijou*«, mein Juwel, nannte er sie. »*L'amour de ma vie*« – Liebe meines Lebens. Es störte Jona nicht, dass er ihr niemals Fragen stellte und alles, was sie ihm erzählte, sofort zu vergessen schien.

Kurz bevor Jona ihre A-Levels beendete, ging Baptiste zurück nach Paris. Sobald Jona mit der Schule fertig wäre, würde sie zu ihm ziehen.

Jona rief Baptiste jeden Tag an, und wenn sie ihn nicht erreichte, wartete sie neben dem Telefon auf seinen Rückruf. Wenn er nicht zurückrief, weinte sie sich in den Schlaf. Leere löste die Verzweiflung ab, bis sie seine Stimme wieder hörte. Er nannte sie »*L'amour de ma vie*«. Versicherte ihr seine Liebe. Jonas Herz wurde leicht. Sie verzieh ihm, dass er nur ein paar Minuten Zeit hatte und sich nicht nach ihren A-Levels erkundigte.

»Bald bin ich bei dir«, sagte sie.

»O ja«, sagte er.

»Ich zähle die Tage«, sagte sie.

»O ja. Ich auch«, sagte er.

»Vierunddreißig«, sagte sie.

»Vierunddreißig?«

»Vierunddreißig Tage, dann bin ich in Paris.«

»O ja, ja«, sagte er.

Jona legte ihre Prüfungen jeweils mit einem B ab.

Sie kaufte zwei große Koffer, schwarz und aus Nylon. Mit Rädern. Den Vorschlag ihres Vaters, erst mal mit wenig Gepäck nach Paris zu gehen und zu sehen, wie es mit Baptiste laufe und ob ihr die Stadt überhaupt gefalle, ignorierte Jona. Auch seine Bedenken, dass sie kaum französisch spreche und niemanden außer Baptiste in Paris kenne, tat sie ab.

Sorgenvoll beobachtete Frank seine Tochter, die vierzehn Paar Schuhe in einen der riesigen Koffer legte, und als sie auch ihre Schlittschuhe einpackte, sagte er: »Jona, es ist Sommer.«

»Aber ich bleib dort für immer.« Und sie sagte ihrem Vater, dass Baptiste der Einzige, der Richtige war.

Er wollte ihr antworten, dass sie noch so jung sei, vielleicht zu jung, um eine solche Entscheidung zu treffen. Aber er schwieg, denn auch er war nicht älter als Jona gewesen, als er Kathleen kennengelernt hatte. Die Einzige, die Richtige.

Jonas Koffer waren gepackt. Das Ticket für den Eurostar London – Paris gekauft. Fünfhundert Pfund hatte Frank in französische Franc gewechselt und seiner Tochter in einem Umschlag überreicht. Am Tag vor ihrer Abreise rief sie Baptiste an.

»Wie lange bleibst du?«, fragte er.

»Für immer«, antwortete Jona etwas verwirrt.

Er versprach, sie am Bahnhof abzuholen. Jona wollte ihm sagen, dass sie aufgeregt war vor ihrer Fahrt durch den Eurotunnel. Den längsten Unterwasserkanal der Welt. Fünfundsiebzig Meter unterhalb des Meeresspiegels. Aber Baptiste musste los, hatte keine Zeit, ihr zuzuhören.

Sie schlief kaum in dieser Nacht. Sie glaubte, ihr Herz müsste vor Freude zerspringen, denn morgen würde sie Baptiste endlich wiedersehen.

Am nächsten Morgen, draußen war es noch dunkel, packten Vater und Tochter die zwei Koffer in Franks

Volvo 240. Sie waren so schwer, dass beide anpacken mussten, um sie in den Kofferraum zu hieven.

»Jona, wie willst du die Reise denn schaffen? Du kannst dich mit diesen Monstern ja gar nicht fortbewegen«, sagte Frank.

»Ich muss mich ja nicht fortbewegen. Du hilfst mir beim Einsteigen, und Baptiste holt mich ab.«

3

Jona saß in einem Großraumabteil. Ein Vierersitz. Die Koffer hatte sie am Eingang des Wagens abgestellt. Ein Mann hinter ihr hatte wütend geschnaubt, weil Jonas Gepäck keinen Platz für seinen Koffer gelassen hatte.

Jona gegenüber saß eine unscheinbare Frau mittleren Alters. Sie lächelte Jona an, Jona lächelte zurück.

»Guten Tag«, sagte Jona.

»Wenn wir's überleben«, sagte die Frau. In ihren Augen flackerte Panik. »Was sucht der Mensch unter dem Meer? Dort lebt er nicht«, sagte sie dramatisch.

Jona nickte. »Ich hab auch ein bisschen Bammel, aber es geht ja ganz schnell.«

Die Frau sah Jona an, lachte einmal laut auf. Und dann murmelte sie unverständliche Worte. Gebete oder Flüche oder beides. Jona nahm ein Buch aus ihrer Tasche. Einen Paris-Reiseführer, den ihr Keaton Fairchild geschenkt hatte.

Sie überflog die Seiten. Wozu brauchte sie einen Reiseführer? Sie hatte Baptiste, er würde ihr die Stadt – ihre neue Heimat – zeigen.

»Paris?«, fragte die Frau gegenüber.

Jona blickte auf.

»Ja. Ich … mein Freund … ich ziehe zu ihm nach Paris.«

Es klingt fast wie ein Märchen, dachte Jona. Mein Freund, Paris. Jetzt war der Zug im Tunnel unter dem Meer. Jonas Herz schlug schneller. Was würde passieren, wenn der Tunnel zusammenbrach? Würden sie ertrinken? Oder unter Schutt begraben werden?

»Paris«, sagte die Frau, und dann setzte das Murmeln wieder ein, wurde panischer. Jona schloss die Augen und wünschte sich, jemand anderes würde ihr gegenübersitzen. Ein netter alter Herr, der ihr eine Geschichte aus seinen Jugendzeiten erzählte. Oder jemand, dem sie von Baptiste erzählen könnte.

Fünfunddreißig Minuten dauerte die Fahrt unter dem Meer. Der Tunnel stürzte nicht ein.

Paris Nord. Der Schaffner half ihr beim Aussteigen. Ob sie Steine eingepackt habe, fragte er halb amüsiert, halb genervt.

Sie hatte Baptiste Gleis, Uhrzeit und ihre Wagennummer genannt und hatte erwartet, dass er da stehen würde, genau da, wo sie ausgestiegen war. Mit einem Strauß Blumen vielleicht. Ja. So hatte sie es sich vorgestellt. Aber er stand nicht da.

Leute rempelten Jona an. Sie rollte die Koffer etwas zur Seite. Blickte nach rechts, nach links, suchte Baptiste.

Siebzehn unendlich lange Minuten wartete sie. Und dann tauchte er auf. Ohne Blumen. Und auch die Worte, die er in ihren Tagträumen gesagt hatte, kamen nicht über seine Lippen. Er umarmte sie, ein kurzer Kuss, dem es an Wärme und Leidenschaft fehlte. »Jona«, sagte er, »Was hast du denn da alles mitgeschleppt?«

Sie zuckte mit den Schultern. »Meine Sachen«, sagte sie.

Er war mit dem Fahrrad gekommen. Er hatte kein Auto. Er brachte Jona zum Taxistand. Nannte dem Fahrer eine Adresse. »Wir treffen uns vor der Türe«, sagte er zu Jona.

Der Taxifahrer sagte etwas auf Französisch zu ihr.

»*Je ne parle pas bien*«, sagte sie, »*Mon ami Parisien.*«

Der Taxifahrer betrachte sie im Rückspiegel und ließ einen Wortschwall los. Jona verstand kein Wort, nicht ein einziges. Sie lächelte verlegen. »*Pas comprendre*«, sagte sie.

Das Taxi hielt in einer engen Straße vor einem Mehrfamilienhaus aus rötlichem Stein. Die Fassade war größtenteils mit Efeu bewachsen. Baptiste war noch nicht da. Jona gab dem Fahrer einen Hundert-Franc-Schein. »*Pour vous.*«

»*Merci*«, sagte er, steckte das Geld ein und holte die Koffer aus dem Kofferraum.

Bevor Jona ihn fragen konnte, ob er sich sicher sei, dass das die richtige Adresse war, fuhr er schon davon.

Wieder wartete sie, und die Minuten fühlten sich wie Stunden an.

Dann sah sie Baptiste auf seinem Fahrrad, und eine unbändige Freude erfasste sie. Vielleicht waren die Blumen in seiner Wohnung, und jetzt kam das richtige

Wiedersehen. Sie schleppten die Koffer in den dritten Stock. Seine Wohnung war nicht groß. Ein Wohnzimmer mit Küche, ein winziges Schlafzimmer, ein kleines Bad. Keine Blumen. Wie Eindringlinge wirkten die zwei Koffer. Er machte Kaffee, und Jona setzte sich auf das blassgrüne Sofa.

»Ich kann gar nicht glauben, dass ich hier bin«, sagte sie.

»Ja«, sagte er.

Er reichte ihr eine Tasse Kaffee, schwarz. Er hatte vergessen, dass sie ihren Kaffee mit viel Milch und Zucker trank.

»Ich muss gleich noch mal los«, sagte er, »du kannst duschen oder dich ausruhen oder dir Paris angucken.«

4

Jona hatte ihre Koffer nicht ausgepackt und die meiste Zeit in Baptistes Wohnung alleine verbracht. Er war anders als in England. Kühler. Sie fand Entschuldigungen für sein Verhalten. Er hat viel zu tun. In einem Monat hat er eine Ausstellung. Seine erste richtige Ausstellung. Er kann mich nicht mit in sein Studio nehmen, weil er es mit zwei anderen Künstlern teilt. Nach der Vernissage wird es besser werden.

Jona hatte sich den Eiffelturm, Notre-Dame, Sacré-Cœur de Montmartre angesehen – alleine. Als sie auf der Aussichtsplattform des Eiffelturms stand, hatte sie ein bisschen geweint. Heimweh. Sie hatte an ihren Vater gedacht, an Bath, ihre Freunde. Die meisten waren zu großen Reisen aufgebrochen, um ihr Gap Year in Asien, Australien oder Südamerika zu verbringen. Und sie wussten, welche Universität sie nach ihrer Reise besuchen würden. Jonas Zukunftspläne hörten mit Paris und Baptiste auf. Ich ziehe nach Frankreich. Baptiste und ich werden für immer zusammen sein. Glücklich bis an unser Lebensende. Der Rest wird sich fügen.

Es war Jonas sechster Tag in Paris. Am Abend waren sie mit ein paar Freunden von Baptiste zum Essen verabredet.

Ein kleines Restaurant mit dunklen Holztischen, es roch nach Kräutern und gebratenen Zwiebeln. Auf den Tischen brannten Kerzen.

»Das ist Camille«, sagte Baptiste, »das ist Marie. Jérôme, Serge und Pierre. Und das ist Jona.«

Jona reichte allen nacheinander die Hand. Baptistes Freunde waren alle in ihren Mittzwanzigern. Jona war eingeschüchtert. Die beiden Frauen wirkten elegant. Ihre blumengemusterten Kleider – chic und leger zugleich. Sie rauchten schmale Zigaretten. Ihre Lippen waren dunkelrot geschminkt. An ihren zierlichen Handgelenken klimperten silberne Armreifen. Ihre Füße steckten in hellen Pumps. Sie strahlten unendliches Selbstbewusstsein aus. Jona fühlte sich wie ein Trampeltier in ihren Doc Martens und dem schwarzen, etwas zerknitterten T-Shirt Kleid. Die drei jungen Männer waren nicht weniger imposant. Leinenhosen und Segelschuhe. Sie drehten ihre Zigaretten selbst. Gebräunte Gesichter, muskulöse Arme. Sie rochen nach teurem Aftershave.

Anfangs bemühten sich alle, englisch zu sprechen, oder Baptiste übersetzte, aber je später der Abend, desto französischer die Unterhaltung. Jona versuchte Worte aufzuschnappen, als Camille eine lange, offensichtlich lustige Geschichte erzählte. Sie lächelte, wenn die anderen lachten. »Das kann man nicht wirklich übersetzen«, sagte Baptiste zu Jona. »Ist gut«, sagte sie leise. Sie fühlte sich abwechselnd unsichtbar und dann wie ein Störenfried. Ihr Gesicht tat weh vom vielen

Lächeln. Sie trank ein Glas Wein nach dem anderen. Sie hatte noch nie so viel Alkohol getrunken.

Als der Abend endlich vorbei war, hatte Jona Mühe, gerade zu gehen. Baptiste führte sie den kurzen Weg zu seiner Wohnung am Arm. Mit beiden Händen hielt er ihren Arm, als würde er eine alte Frau oder eine Kranke nach Hause bringen, nicht seine *L'amour de ma vie*.

Vor der Türe übergab sich Jona. »*Merde, merde*«, sagte Baptiste. Er klang genervt.

Und während Jona Rotwein und halb verdaute Schnecken ausspuckte, versuchte sie sich zu entschuldigen.

Baptiste ging hinter ihr die Treppen hinauf. Schob sie an.

Mit leerem Magen und schmerzender Kehle duschte Jona und putzte sich die Zähne.

Sie lagen nebeneinander in seinem Bett.

»Liebst du mich noch?«, fragte sie leise.

Ihr Herz pochte schnell während der kurzen Stille.

»Ich … ich, habe nicht gedacht, dass du wirklich kommst. Dass du wirklich hier …«, er brach ab.

»Dass ich nach Paris komme?«

»Ja.«

»Aber wir haben doch … wir haben doch darüber gesprochen … In Bath und am Telefon …«

»Man sagt doch viel.«

»Willst du … willst nicht mit mir zusammmen sein?«

Er schwieg. Jona weinte.

»Wir können Freunde bleiben«, sagte er.

5

Am nächsten Morgen stopfte Jona die wenigen Sachen, die sie in Paris benutzt hatte, in einen der Koffer. Baptistes Angebot, sie zum Bahnhof zu begleiten, lehnte sie ab. Sie konnte ihn kaum anschauen. Während sie sich erniedrigt fühlte, enttäuscht, das Herz schwer, sah sie in Baptistes Augen nichts als Erleichterung.

Er bestellte ein Taxi und half ihr, die Koffer runterzutragen.

Von für immer war eine Woche übrig geblieben.

Jona hatte ihren Vater nicht angerufen. Niemand wusste, dass sie zurückkam.

Am Ticketschalter kaufte sie eine Fahrkarte nach London.

Leute zischten und rempelten sie an, die Koffer waren im Weg. Sie war im Weg. An der Aufzugtür erntete Jona böse Blicke, weil sie und ihr Gepäck so viel Platz einnahmen. Niemand half ihr, als sie versuchte, die Koffer in den Aufzug zu schieben. Trotz Rädern waren sie kaum zu bewegen, schienen ihren eigenen Willen zu haben, zwei böse übergewichtige Wesen.

Und dann stand Jona am Gleis. Der Zug rollte ein. Der Mann hinter ihr drängelte sich an ihr vorbei. Alles ging so schnell. Drei Stufen, unüberwindbar. Die Pfeife des Schaffners ertönte. Jona ließ ihre Koffer stehen und stieg ein. Sie winkte ihrem Gepäck Lebewohl, als der Eurostar abfuhr.

Einen Moment lang fühlte sie sich frei. Sie ging in die Snackbar des Zuges. Snickers, Kaffee schwarz. So wie sie ihn in Baptistes Wohnung jeden Morgen getrunken hatte. In nur sieben Tagen hatte sie sich an die Bitternis gewöhnt. Jona fand ihren Sitzplatz und ließ sich fallen.

Die Euphorie über die gewonnene Freiheit verflog. Sie dachte an das, was sie zurückgelassen hatte:

Zwölf Kleider, neun Paar Jeans, drei Jacken, zwei Röcke, sechs Pullover, siebzehn T-Shirts, vierzehn Paar Schuhe, Schlittschuhe. Unterwäsche, ein Schlafanzug. Kosmetik. Und was sie verloren hatte: Baptiste. Den Glauben an den Einzigen, den Richtigen und eine Portion Unbeschwertheit.

Und was jetzt?, dachte sie. Fand keine Antwort, nicht einmal die Ahnung einer Antwort.

London. Anstatt eine Telefonzelle zu suchen und ihren Vater anzurufen, kaufte sie ein Ticket nach Bath. Die Fahrt dauerte nur eine Stunde.

Sie lief vom Bahnhof nach Hause. Einen Fuß vor den anderen, ohne nachzudenken. Franks Auto parkte vor der Türe. Beige Fassade, grüne Türe. Zu Hause. Das angelaufene Messingschild *Crawford*.

Jona drückte die Klingel. Ihren Schlüssel hatte sie nicht mit nach Paris genommen. Sie hörte die Schritte ihres Vaters.

»Jona«, sagte er und stellte viele Fragen. Sie versuchte zu antworten, aber die Worte ließen sich nicht finden, sich nicht formen. Nur Tränen und ein seltsames Glucksen.

»Ist ja gut, Jona. Ist ja gut«, sagte Frank und umarmte seine Tochter. Drückte sie fest an sich. »Komm rein.«

Er blickte sich um. »Wo sind denn deine Koffer.«

»Bahnhof«, brachte sie hervor.

»In Bath?«

Jona schüttelte den Kopf.

»London?«

»Nein. Paris. Ich hab sie einfach stehen lassen. Sie waren so schwer.«

Frank lachte. »Das waren sie«, sagte er.

»Ich habe jetzt gar nichts mehr«, schluchzte sie.

»War doch nur Zeug, Jona. Nichts von Bedeutung.«

Jona wollte nicht essen, nicht duschen. Nur ins Bett. Und auch den nächsten Tag verbrachte sie im Bett.

Am Abend klopfte Frank an ihre Tür. »Jona, zieh dich an. Wir gehen mit Keaton zum Inder.«

Jona zog die Decke über den Kopf.

»Bitte, Jona«, sagte Frank.

»O.k.«, sagte sie. Hunger, die Traurigkeit in Franks Stimme und ihre Zuneigung für Keaton ließen sie das Bett verlassen.

6

Keaton Fairchild war ein Freund der Familie Crawford.

Als Kind war Keaton mit seinem Vater kurz vor Beginn des Zweiten Weltkrieges zum ersten Mal nach Indien gereist – damals noch eine britische Kolonie. Ein Jahrzehnt sollte vergehen, bis Indiens Premierminister von dem »Rendezvous mit dem Schicksal« sprach, die Unabhängigkeit Indiens erklärte und Britisch-Indien in zwei Staaten aufgeteilt wurde.

Keaton verliebte sich augenblicklich in das Land. Leben wollte er dort nie, aber immer wieder zurückkehren.

Nach dem Zweiten Weltkrieg eröffnete Keaton ein Reisebüro in seiner Heimatstadt Bath, um andere Menschen nach Indien zu bringen. Seine Liebe zu teilen.

Das Reisebüro war ein Ladenlokal nicht weit vom Theatre Royal entfernt. Der Raum erinnerte mehr an den Salon eines Landhauses als an ein Büro. Parkettboden, dunkelgrüne Wände. Ein braunes Chesterfield Sofa, zwei Ohrensessel, ein antiker Doppelschreibtisch aus Mahagoni. Drei Talwar Säbel hingen über dem Schreibtisch. Sie stammten von Keatons erster Indienreise, ein Geschenk seines Vaters.

Über dem Sofa hing ein bronzegerahmtes Ölgemälde. Es zeigte den Gott Vishnu. Blaues Antlitz, goldgelbe Kleider, eine hohe Krone auf dem Kopf. Vishnu hat vier Arme, in einer Hand ein Schwert, zu seinen Füßen eine Schlange. Vishnu, der Erhalter, das ausgleichende Element zwischen Schöpfung und Auflösung.

Keatons Reisebüro hatte sich seit seiner Eröffnung kaum verändert. Zuerst gab es nur ein Telefon, dann kam ein zweites hinzu, später ein Faxgerät. Ein drittes schnurloses Telefon, und als letzte Neuerung ein Computer.

Fest zum Inventar gehörte Trudy Wood, Keatons Sekretärin, mehr noch – seine rechte Hand, seine Vertraute. Nur wenige Jahre jünger als Keaton, waren sie gemeinsam alt geworden.

Viele Leute glaubten, dass Keaton und Trudy ein Paar wären oder zumindest ineinander verliebt. Beide unverheiratet und kinderlos. Aber das stimmte nicht. Sie waren Freunde. Keaton liebte seine Freiheit, Reisen und Abenteuer. Und auch Trudy liebte ihre Unabhängigkeit. Sie hatte gesehen, was die Ehe mit ihrer Mutter und ihren älteren Schwestern gemacht hatte. Unglückliche Frauen, die ihren Körper, ihren Geist trinkenden, jammernden Männern geopfert hatten. Trudy hatte beschlossen, ein anderes Leben zu führen.

Sie hatte Indien gesehen, Affären gehabt, ein eigenes kleines Haus. Sie hätte sich ein größeres leisten können, aber um sicherzugehen, dass niemals ein Mann dort einziehen würde, dieses gewählt.

Keaton Fairchild reiste fünfmal im Jahr mit kleinen Gruppen oder Einzelpersonen nach Indien.

Eine Route war Delhi – Varansi – Agra – Jaipur – Jaisalmer – Jodhpur – Udaipur – Delhi oder Mumbai.

Die andere Route führte nach Darjeeling.

Keatons Vertrauter in Indien war Ravi, nach eigenen Angaben ein entfernter Verwandter des letzten Großmoguls Bahadur Shah II.

Ravi konnte alles organisieren. Er sprach fließend englisch und war ein exzellenter Autofahrer. Obwohl Keaton und Ravi seit Jahrzehnten zusammenarbeiteten, wusste Keaton weder, wie alt Ravi war, noch kannte er seinen Nachnamen.

Jona hatte Ravi nie persönlich getroffen, aber aus Keatons Erzählungen meinte sie dennoch, ihn gut zu kennen.

Die Indienreisen waren Keatons Leidenschaft, der Grund, warum es das Reisebüro gab. Aber finanziell hing das Unternehmen von seinen anderen Leistungen ab. Flüge, Hotels, Pauschalreisen in die ganze Welt – und Jane-Austen-Touren. Touristen, die für einen Tag oder ein paar Nächte nach Bath kamen, buchten diese Touren. Vier Stunden auf den Spuren von Jane Austen. Geboren im Dezember 1775, war Jane Austen 1801 mit ihren Eltern und ihrer ebenfalls unverheirateten Schwester nach Bath gezogen. Fünf Jahre lebte sie dort. Über diesen Abschnitt ihres Lebens war wenig bekannt. Briefe aus dieser Zeit waren nicht erhalten. Sie hatte in dieser Zeit vermutlich wenig geschrieben, aber Bath schien bleibenden Eindruck gemacht zu haben. Es wurde oft Schauplatz in ihren Romanen.

Das Reisebüro beschäftigte immer zwei oder drei Studenten als Führer für die Jane-Austen-Touren. Trudy kümmerte sich um alles. Wenn es nicht um Reisen nach Indien ging, war Keaton geistig abwesend.

Also Paris war ein Desaster?«, fragte Keaton und schob sich eine Gabel Curry in den Mund.

»Ja«, sagte Jona. Frank, der neben ihr saß, nickte.

Sie waren die einzigen Gäste in dem indischen Restaurant.

»Und was wirst du jetzt machen?«

Jona zuckte mit den Schultern.

»Studieren? Reisen?«, fragte Keaton.

»Ich will nie wieder reisen. Nie wieder Koffer packen. Nie wieder verliebt sein«, sagte sie und lief rot an. »Vielleicht jobbe ich erst mal irgendwo. Ja, irgendein ein Job.«

Die beiden Männer warfen sich besorgte Blicke zu. Dann verfielen sie in langes Schweigen.

Der Kellner brachte Tandoori Chicken für Frank und Butter Paneer Masala für Keat. Jona brachte nur eine Samosa herunter.

Als sie nach dem Essen ihren Chai tranken, fragte Keaton:

»Willst du bei mir arbeiten? Trudy will kürzertreten. Wir könnten Hilfe gebrauchen.«

»Ich … Du hast ein Reisebüro.«

Er schaute sie fragend an.

»Muss ich reisen?«

Keaton lachte. »Du kannst reisen. Aber du musst nicht. Du buchst Reisen, beantwortest Telefonate, schreibst Faxe. Ja, du wirst viel telefonieren.«

Als sie sich verabschiedeten, seufzte er.

»Es ist immer Paris. So viele Erwartungen. So viele Enttäuschungen.«

Am folgenden Montag saß Jona neben Trudy an dem Doppelschreibtisch aus Mahagoni. Unmittelbar stellte sich ein Gefühl von Angekommensein bei ihr ein. Dies war ihr Platz.

Sowohl Jonas Vater als auch Keaton glaubten, dass ihre Anstellung vorübergehend sei, dass sie studieren würde. Aber die Jahre vergingen, Trudy kam immer seltener und übergab schließlich Jona das Zepter ganz. Trudy blieb Keatons Vertraute, aber wenn sie jetzt das Reisebüro betrat, setzte sie sich nicht an den Schreibtisch, sondern in einen der Ohrensessel.

Und wenn Keaton nicht in Indien war, saß auch er auf einem der Sessel, eine Tasse Tee in der Hand, und erzählte.

Während er redete, schweifte sein Blick immer zu Vishnus Porträt.

»Ihn bewundere ich am meisten.« Es klang so, als spräche er über einen guten Freund, nicht über einen indischen Gott. »Er schläft und träumt, doch wenn wir ihn brauchen, kommt er zu uns, um die Welt vor dem Untergang zu bewahren. Er kam als Schildkröte, als Fisch, als Löwe, als Eber, als Zwerg, als Krieger und als Held. Seine achte Inkarnation war

Krishna, die personifizierte und alles durchdringende Liebe.«

Keaton erzählte von dem Krugfest, Kumbh Mela, bei dem Millionen Gläubige zu den vier Stellen pilgerten, wo jeweils ein Tropfen Unsterblichkeitsnektar auf die Erde gefallen war, als Götter und Dämonen um einen Kumbh – den Krug mit jenem besonderen Nektar – kämpften. Die Menschen waschen sich rein von allen Sünden in den heiligen Flüssen Ganges, Godavari, Shipra und Jamuna. Alle drei Jahre findet das Fest an einem dieser Orte statt.

An sechs Krugfesten hatte Keaton teilgenommen, aber er war nie in den Fluss gestiegen. »O nein, meine Sünden nehme ich mit ins Grab, sie gehören dazu … zu mir. Die Sünden und die guten Taten. Aber am Ufer zu stehen … es ist … Ach, Jona, du solltest es sehen. Es ist ein ganz anderes Leben als hier.«

Jona lächelte.

»Natürlich, eine wunderschöne Stadt, in der wir leben … Aber man kann doch reisen.«

Jona hatte sich an das Versprechen gehalten, das sie sich nach Paris gegeben hatte: Nie wieder reisen. Nie wieder Koffer packen.

»Bist du glücklich, Jona?«, fragte Keaton oft, häufiger, seitdem Frank tot war.

»Ja«, antwortete sie stets.

Und auch Trudy, wann immer sie vorbeischaute, fragte Jona, ob sie glücklich sei, nur anders als Keaton.

»Jona, du hattest eine schlechte Erfahrung. Paris …

Es ist so lange her. Du solltest ein bisschen mehr … mehr leben. Du sitzt an diesem Schreibtisch, tagein, tagaus.«

»So wie du einst«, gab Jona zurück.

»Ich bin gereist, ich hatte Affären. Und du? Hast du wenigstens einen Liebhaber? Gehst du aus? Führt dich jemand in gute Restaurants?«

»Im Moment nicht, aber …«

»Im Moment ist immer. Immer wenn ich dich frage, sagst du, im Moment nicht. Herzchen, ich will dir nicht zu nahe treten. Aber die Zeit vergeht. Puff. Und dann ist es vorbei. Du musst ein bisschen mehr leben.«

»Trudy, ich lebe doch.«

»Sie sagt, dass sie glücklich ist«, warf Keaton ein und zuckte mit den Schultern.

»Ich bin glücklich«, bestätigte Jona und versuchte so überzeugend wie möglich zu klingen. »Und was bedeutet das überhaupt … glücklich?«

»Was es bedeutet?«, fragte Trudy und schüttelte den Kopf.

»Dass man mehr als nur zufrieden ist. Nicht jeden Tag, aber an möglichst vielen. Dass Dinge geschehen, die … die … dich überraschen. Dinge, die dir das Gefühl geben zu schweben«, sagte Trudy.

»Schweben?«, fragte Jona amüsiert.

»Herzchen, wie soll man es denn erklären? Keat, hilf mir.«

»Glück ist, wenn der Verstand tanzt, das Herz atmet und die Augen lieben, das hat Albert Einstein gesagt.«

»Sag ich doch auch: schweben.«

»Tanzen«, sagte Jona.

»Ein guter Tänzer schwebt«, sagte Trudy.

»Versuch nicht, Trudy zu widersprechen. Vollkommen zwecklos«, sagte Keaton.

9

Jona hatte nach Baptiste eine längere Beziehung. Vierzehn Monate. Jacob. Es waren gute vierzehn Monate, zumindest gute neun.

Jacob wollte mit Jona zusammenziehen.

»Ich kann nicht. Mein Vater ... Er ... er braucht mich.«

Franks Krankheit hatte sich bereits bemerkbar gemacht.

Aber Frank war nicht der einzige Grund. Jona konnte sich ein Leben mit Jacob nicht vorstellen. Sie hätte noch lange Zeit mit ihm zusammenbleiben können, so wie es war. Drei Mal die Woche ausgehen, Sex, telefonieren. Aber mit ihm unter einem Dach zu wohnen, heiraten, Kinder. Nein.

Als die Beziehung mit Jacob zerbrach, fragte Frank seine Tochter: »Er war nicht der Richtige?«

»Nein.«

»Verstehe. Jacob ist ein guter Mann, aber es soll der Richtige sein ... Deine Mutter, sie war die Richtige.«

Frank sprach fast nie über seine verstorbene Frau. Er trauerte um sie alleine. Jeden Tag.

»Ich wünschte, du hättest sie besser gekannt. Sie war ...« Und dann schwieg er.

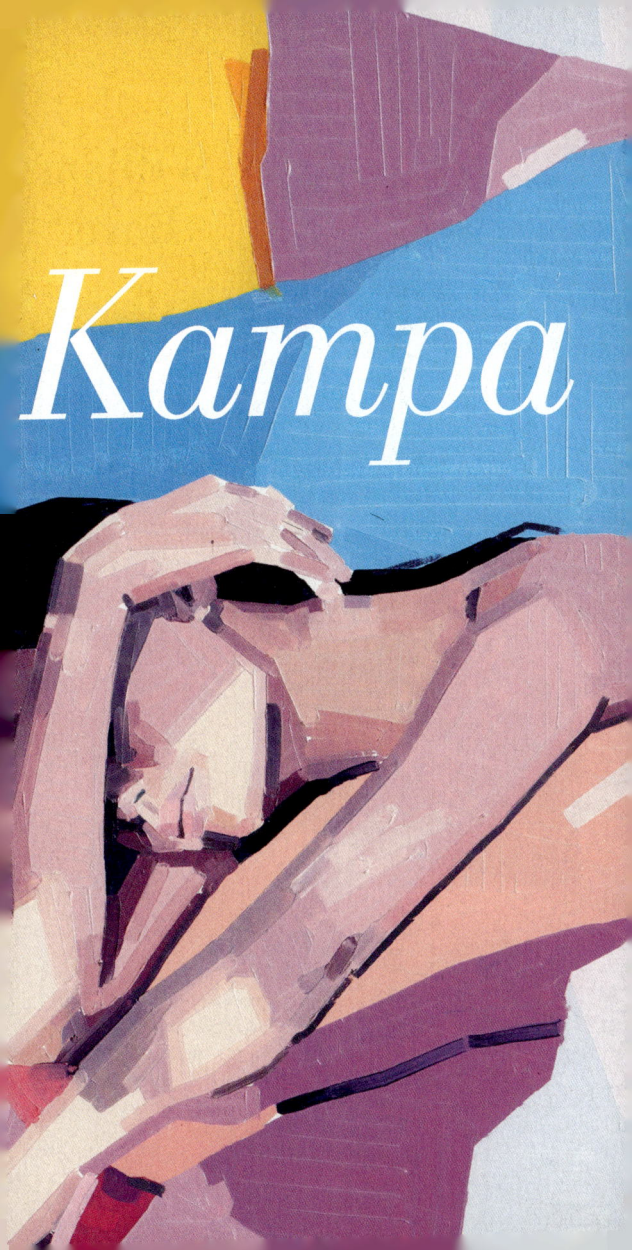

Kampa

William Boyd

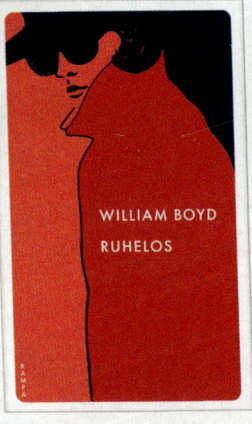

624 Seiten | Gebunden
€ (D) 28,– | sFr 38,– | € (A) 28,80
ISBN 978 3 311 10049 2

384 Seiten | Taschenbuch
€ (D) 14,– | sFr 20,– | € (A) 14,40
ISBN 978 3 311 15029 9

Soldat, Verbrecher, Schriftsteller, Vater, Liebhaber. William Boyd erzählt das Leben von Cashel Greville, Picaro und Tausendsassa. Eine augenzwinkernde Hommage auf die Romantik und ein Panorama des 19. Jahrhunderts.

William Boyds Weltbestseller: Eine Tochter erfährt, dass ihre betagte Mutter früher Spionin war und noch einen letzten Auftrag erledigen muss – aber nicht allein.

Tessa Hadley

368 Seiten | Gebunden
ca. € (D) 25,– | sFr 34,– | € (A) 25,70
ISBN 978 3 311 10057 7

416 Seiten | Taschenbuch
€ (D) 14,– | sFr 20,– | € (A) 14,40
ISBN 978 3 311 15069 5

Kurzerhand zieht die dreiund-
vierzigjährige Londoner Dozen-
tin Kate zurück nach Wales, um
sich um ihre Mutter zu kümmern.
Der Neuanfang stellt ihr Leben
auf den Kopf – wenn auch anders,
als sie es sich vorgestellt hat.

Vier Geschwister kehren zurück
in das alte englische Landhaus
ihrer Großeltern: Drei lange
heiße Wochen – dann müssen sie
entscheiden, ob sie das etwas in
die Jahre gekommene Haus
halten oder verkaufen sollen.

Anne Freytag

Helene ist siebenundvierzig, Mutter zweier Teenager, attraktiv und beruflich so erfolgreich, dass sie ihren Mann Georg in den Schatten stellt. Einer der Gründe, weshalb er Helene nach fast zwanzig Ehejahren für eine andere sitzen lässt. Zwar lag zuvor schon vieles im Argen, aber die Trennung zieht Helene dennoch den Boden unter den Füßen weg. Wer ist sie, die immer getrieben war von dem Wunsch, anderen zu gefallen, wirklich? Die gute Tochter, die aufopferungsvolle Mutter, die erfolgreiche Karrierefrau? Plötzlich steht Helene vor der Aufgabe, herauszufinden, was sie eigentlich vom Leben will.

ca. 352 Seiten | Gebunden
ca. € (D) 24,– | sFr 33,– | € (A) 24,70
ISBN 978 3 311 10117 8

Lea Singer

Eine Frau, die Joseph Roth
wie keine Zweite geliebt hat.
Eine schöne Frau, nach der
sich die Leute umdrehten.
Eine starke Frau, ohne die
Roth nicht leben konnte. Lea
Singer erzählt die Geschichte
von Andrea Manga Bell, verheiratet mit dem designierten
König des Duala-Volkes in
Kamerun, Mutter zweier Kin-
der, Grafikerin, Hanseatin mit dunkler Haut. Sie war Roths
große Liebe, sein erotisches Ideal, Struktur seines Daseins,
geistige Inspiration, unbezahlte Sekretärin. Eine Frau, die
in kein Raster passte und deshalb umso mehr zu einem der
größten Schriftsteller des 20. Jahrhunderts.

304 Seiten | Gebunden
€ (D) 24,– | sFr 33,– | € (A) 24,70
ISBN 978 3 311 10050 8

Ein Koffer und tausend Reichsmark pro Person. Mehr
bleibt den Bergers nicht, als sie 1938 aus Wien fliehen. Was
sie nicht wissen: Ihre Tochter Ruth ist noch in Österreich,
die Einreise nach England mit dem Studentenvisum wurde
ihr an der Grenze verwehrt. Der britische Professor Quinton Somerville, ein Freund ihres Vaters, findet Ruth mutter-
seelenallein in der leeren Wohnung, und er sieht nur eine
Möglichkeit, sie zu retten: Sie müssen heiraten. In London
angekommen verzögert sich die Auflösung der Scheinehe –
und ganz langsam fangen Ruth und Quinton an, sich mit
anderen Augen zu sehen.

Eva
Ibbotson

EVA IBBOTSON

KAMPA

Was der
Morgen bringt

ROMAN

464 Seiten | Gebunden
ca. € (D) 24,– | sFr 33,– | € (A) 24,70
ISBN 978 3 311 10137 6

Ein Juwel der englischen Literatur

Eine lebenslange Liebe

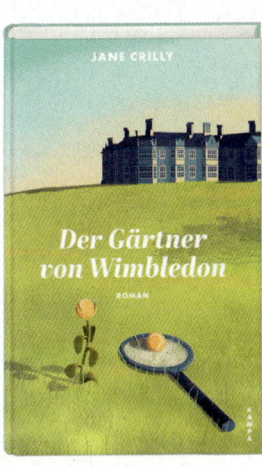

144 Seiten | Gebunden
€ (D) 20,– | sFr 28,– | € (A) 20,60
ISBN 978 3 311 10079 9

256 Seiten | Gebunden
€ (D) 22,– | sFr 30,– | € (A) 22,60
ISBN 978 3 311 10046 1

Er war jahrzehntelang Lehrer in Brookfield, einem Jungeninternat. Er hat Hunderte, wenn nicht Tausende von Schülern unterrichtet. Er war kein wirklich guter Lehrer, Ambitionen hatte er keine. Aber er hatte Humor, Prinzipien, vor allem aber einen warmherzigen Blick auf die Welt. Die Schüler liebten ihn, und so ist er in Brookfield zur Legende geworden. Einst lebte Mr Chips für seine Schüler, nun lebt er in den Büchern, die er liest, sitzt am Kamin – und erinnert sich.

Über fünfzig Jahre hat er sich um den Rasen von Wimbledon gekümmert. Jetzt erzählt Henry Evans die Geschichte seines Lebens, die Geschichte seiner großen Liebe, die Geschichte von Rose. Im Großbritannien der dreißiger Jahre trennten die beiden Teenager Welten: Rose ist Tochter aus besserem Hause, Henry gehört zum Hauspersonal. Und doch führt das Leben sie zusammen, sie verlieben sich. Bis der Krieg sie schmerzlich trennt. Jane Crilly erzählt die berührende Geschichte einer Liebe, die in Wimbledon ihren Anfang nahm und einen Weltkrieg, ein ganzes Leben überdauerte.

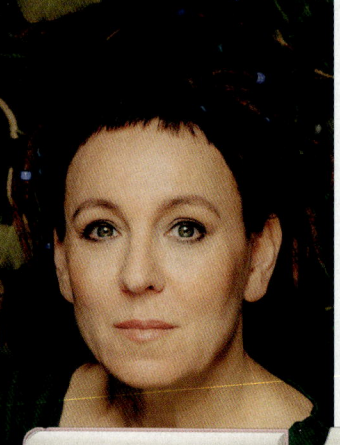

Olga Tokarczuk

LITERATUR-NOBELPREIS

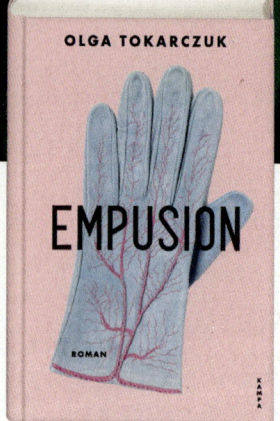

384 Seiten | Gebunden
€ (D) 26,– | sFr 35,– | € (A) 26,80
ISBN 978 3 311 10044 7

Olga Tokarczuks erster Roman nach dem Nobelpreis, angesiedelt in einem Sanatorium in Niederschlesien, 1913. Ein feministischer Schauerroman und eine hintersinnige Replik auf Thomas Manns *Zauberberg*.

320 Seiten | Taschenbuch
€ (D) 14,– | sFr 20,– | € (A) 14,40
ISBN 978 3 311 15003 9

Ein philosophischer Kriminalroman: Olga Tokarczuk zeigt, wie sehr es an Respekt mangelt: der Natur, den Tieren und den Menschen gegenüber, die am Rande stehen.

Caleb Azumah Nelson

304 Seiten | Gebunden
ca. € (D) 24,– | sFr 33,– | € (A) 24,70
ISBN 978 3 311 10052 2

208 Seiten | Gebunden
€ (D) 20,– | sFr 28,– | € (A) 20,60
ISBN 978 3 311 10076 8

»Das Einzige, was unsere Probleme lösen kann, ist Tanzen.« Aber was passiert, wenn die Musik verklingt? Anhand von drei Sommern in Stephens Leben erzählt Caleb Azumah Nelson von den Welten, die wir uns selbst erschaffen.

Eine sinnliche Liebesgeschichte, angesiedelt im pulsierenden London. Ein Roman, der von einem langen Sommer erzählt, in dem Rassismus immer wieder dunkle Wolken vor die Sonne schiebt.

Johannes ist ein freier Hund in einem Stadtpark am Meer. Seine Aufgabe ist es, die Augen zu sein – alles zu sehen, was im Park passiert, und den Ältesten des Parks, drei Bisons, Bericht zu erstatten. Seine Freunde, eine Möwe, ein Waschbär, ein Eichhörnchen und ein Pelikan, helfen Johannes beim Beobachten und sorgen dafür, dass das Gleichgewicht im Park erhalten bleibt. Doch Veränderungen sind im Gange. Immer mehr Menschen kommen in den Park, ein Gebäude wird errichtet, und dann tauchen Ziegen auf – und mit ihnen eine Enthüllung, die Johannes' Sicht auf die Welt für immer verändert.

DAVE EGGERS

*Eine Parabel über Freiheit, Freundschaft, Mut –
und das Gleichgewicht auf unserer Erde*

»*Für alle Altersgruppen
geeignet, wie es nur die
besten Geschichten sind.*«
Today Show

240 S. | Gebunden, farbig illustriert
ca. € (D) 24,– | sFr 33,– | € (A) 24,70
ISBN 978 3 7152 3013 9
Ein Atlantis-Buch im Kampa Verlag

Patrick O'Brian

»Ich mag Patrick O'Brian nicht
nur, ich vergöttere ihn!«

Donna Leon

ca. 480 Seiten | Gebunden
ca. € (D) 29,– | sFr 39,– | € (A) 29,90
ISBN 978 3 311 10082 9

Aubrey und Maturin stechen in See.

528 Seiten | Gebunden
€ (D) 26,– | sFr 35,– | € (A) 26,80
ISBN 978 3 311 10080 5

18. April 1800 in Port Mahon, einem Seehafen der britischen Marine auf Menorca. Leutnant Jack Aubrey hat sein erstes Kommando erhalten. Den fehlenden Schiffsarzt findet er in Dr. Stephen Maturin, der seine Liebe für die Musik teilt. Maturin ist eine ausgesprochene Landratte, aber wer könnte ihn besser in die Seefahrt einführen als ein taktisch so versierter Seemann wie Jack Aubrey? Und so stechen die beiden neuen Freunden in See, um einen Handelskonvoi zu begleiten. Doch die Gemütlichkeit währt nicht lange: Sie steuern auf ehrenvollere – und auch gefährlichere – Abenteuer zu …

Jack Aubrey erleidet Schiffbruch in der Liebe.

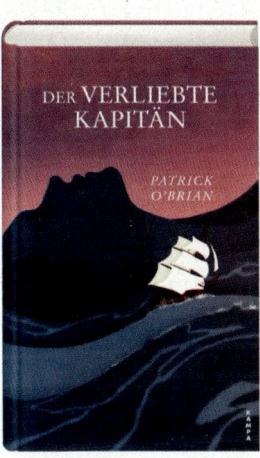

624 Seiten | Gebunden
€ (D) 28,– | sFr 38,– | € (A) 28,80
ISBN 978 3 311 10081 2

Jack Aubrey genießt seinen verdienten Landurlaub. Sein letztes Gefecht, in dem er eine spanische Fregatte erobert hat, war monatelang in aller Munde. Da erhält Aubrey einen Brief: Sein Prisenagent hat ihn um Anteilsgelder betrogen. Nicht nur seine Karriere gerät jetzt in gefährliche Fahrwasser, für die Mutter der Frau, in die er sich verliebt hat, wird er auch zum inakzeptablen Heiratskandidaten. Um dem Schuldgefängnis zu entgehen, fliehen Aubrey und Stephen Maturin außer Landes. Erst als sie wieder Planken unter die Füße bekommen, kann Aubrey erneut beweisen, was in ihm steckt.

Maigret

»Die einzigartige Kunst Simenons
ist nun, in der großen Zürcher Ausgabe,
aufs Neue zu bestaunen.«
Die Zeit

»Der Kommissar der Kommissare.
Der Ermittler aller Ermittler. Der, in dem sich die
literarische Figur des Kommissars vollendet.«
Jean-Luc Bannalec

208 S. | € (D) 18,90 | sFr 26,90 | € (A) 19,40
ISBN 978 3 311 13062 8

240 S. | € (D) 18,90 | sFr 26,90 | € (A) 19,40
ISBN 978 3 311 13046 8

208 S. | € (D) 14,90 | sFr 20,90 | € (A) 15,30
ISBN 978 3 311 13021 5

»Maigret ist ein Mythos
… Simenon schreibt ein
Drehbuch für den Film,
der im Kopf des Lesers
entsteht.«

**CAY
RADEMACHER**

»Er schrieb in acht
Tagen einen Maigret –
nur acht Tage, und
dann dieses Meister-
werk. Was für ein
Genie.«

**ALEXANDER
OETKER**

»Das mit den wenigen
Worten, die eine so
dichte Atmosphäre
schaffen, ist wirklich
so etwas wie sein
Markenzeichen.«

**KLÜPFEL
UND KOBR**

240 S. | € (D) 18,90 | sFr 26,90 | € (A) 19,40
ISBN 978 3 311 13015 4

224 S. | € (D) 16,90 | sFr 23,90 | € (A) 17,40
ISBN 978 3 311 13050 5

192 S. | € (D) 18,90 | sFr 26,90 | € (A) 19,40
ISBN 978 3 311 13075 8

»Kaum ein Autor hat
mich und mein Schrei-
ben mehr geprägt als
Simenon … Sein
Kommissar Maigret
fasziniert mich.«

**KLAUS-PETER
WOLF**

»Maigret ist eine ganze
Welt. Voller besonderer
Geschichten, Orte,
Stimmungen, Charak-
tere. Voller Leben.«

**JEAN-LUC
BANNALEC**

»Simenon hätte die
Serie um Maigret
nicht besser beenden
können.«

**ANDREA MARIA
SCHENKEL**

Giles Blut

Detective John Cardinal

Ohne seine Frau Catherine und seine Tochter kann man John
Cardinals Zuhause eigentlich nicht mehr als solches bezeichnen.
Ohnehin ist es nur ein bescheidenes Holzhaus. Noch dazu klir-
rend kalt. Der Winter hat die Provinz Ontario im Südosten Ka-
nadas fest im Griff. Als spielende Kinder auf einer Insel im See
eine Leiche entdecken, fühlt sich Cardinal, den man ins Dezer-
nat für Eigentumsdelikte versetzt hat, erst nicht zuständig. Doch
bei dem in einem Eisblock gefrorenen Körper handelt es sich
um die dreizehnjährige Chippewa Katie Pine, die Monate zuvor
entführt worden ist. In Cardinals zweitem Fall stöbert ein
Hund Leichenteile auf. Der Detective und seine Part-
nerin Lise Delmore gehen davon aus, dass der Mann
von einem Bären getötet wurde. Dann wird eine
tote Frau gefunden ...

Weitere Fälle in Vorbereitung

464 Seiten | Klappenbroschur
€ (D) 18,90 | sFr 26,90 | € (A) 19,50
ISBN 978 3 311 12069 8

ca. 400 Seiten | Klappenbroschur
ca. € (D) 19,90 | sFr 27,90 | € (A) 20,50
ISBN 978 3 311 12075 9

Louise Penny

Inspector Armand Gamache

Neu

LOUISE PENNY
Das Dorf in den roten Wäldern
DER ERSTE FALL FÜR GAMACHE

SPIEGEL-Bestseller

LOUISE PENNY
Ein sicheres Zuhause
DER 18. FALL FÜR GAMACHE

400 Seiten | Klappenbroschur
€ (D) 17,90 | sFr 24,90 | € (A) 18,40
ISBN 978 3 311 12006 3

512 Seiten | Gebunden
ca. € (D) 23,90 | sFr 32,90 | € (A) 24,60
ISBN 978 3 311 12073 5

Am Erntedankfest wird die Leiche von Jane Neal gefunden – getötet durch einen Pfeil. Es kann sich nur um einen Jagdunfall handeln, denn wer hätte einen Grund gehabt, die pensionierte Lehrerin umzubringen?

Warum sind ein junger Mann und seine Schwester nach Three Pines zurückgekehrt? Vor Jahren ist ihre Mutter ermordet worden – es war der erste gemeinsame Fall von Armand Gamache und Jean-Guy Beauvoir.

Gamaches Fälle 1 bis 17 lieferbar

Krimis

Atemlos lesen

Ein Frauenmörder in Paris

ca. 176 S. | ca. € (D) 17,90 | sFr 24,90 | € (A) 18,40
ISBN 978 3 311 12574 7

Zwei junge Frauen werden kurz nacheinander erwürgt in ihren Wohnungen aufgefunden. Was war das Motiv des Mörders?

Ein skandalöser Mordprozess.

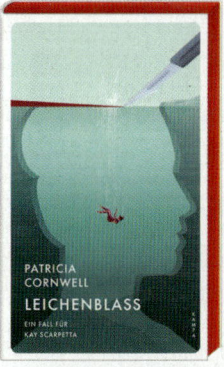

PATRICIA CORNWELL
LEICHENBLASS
EIN FALL FÜR KAY SCARPETTA

ca. 416 S. | ca. € (D) 22,90 | sFr 31,90 | € (A) 23,50
ISBN 978 3 311 12569 3

Für die Öffentlichkeit steht das Urteil fest – doch Dr. Kay Scarpetta kann die Unschuld des Angeklagten beweisen …

Krimiexpert*innen und ein Serienmörder

ca. 336 S. | ca. € (D) 19,90 | sFr 27,90 | € (A) 20,50
ISBN 978 3 311 12074 2

Eine Mordserie versetzt Sardinien in Angst und Schrecken. Kann der Krimi-Club einer Buchhandlung helfen?

Der erste Fall für den Lincoln Lawyer

528 S. | ca. € (D) 19,90 | sFr 27,90 | € (A) 20,50
ISBN 978 3 311 12079 7

Ein reicher Mandant, ein lukrativer Fall, das klingt erstmal gut. Aber so einfach ist die Sache natürlich nicht …

Tragödien bei der Jerusalemer Polizei

ca. 224 S. | ca. € (D) 18,90 | sFr 26,90 | € (A) 19,50
ISBN 978 3 311 12531 0

Eine Polizistin erschießt einen Unschuldigen. Wenige Tage später stirbt der Chef der Bereitschaftspolizei. Kinny Glass ermittelt.

Sprachrätsel und Mordermittlungen

ca. 384 S. | ca. € (D) 21,90 | sFr 29,90 | € (A) 22,60
ISBN 978 3 311 12078 0

Sprachverwirrung und eine verschwundene Frau: Die frühere Polizistin Anna ermittelt im Umfeld eines Sprachencafés.

Kampa Pocket

Zum Verlieben schön

Eigenständig und widerständig lesen!

112 S. | € (D) 10,– | sFr 14,– | € (A) 10,30
ISBN 978 3 311 15045 9

Virginia Woolfs Essay ist ein leidenschaftliches und zeitloses Plädoyer für die Kraft des geschriebenen und gelesenen Wortes.

»Gehört unter jedes Kopfkissen.« *Tilda Swinton*

368 S. | € (D) 14,– | sFr 20,– | € (A) 14,40
ISBN 978 3 311 15041 1

Ein Buch der radikalen Möglichkeiten: Mann und Frau, Vergangenheit und Zukunft. Ein Roman als einfühlsamer Liebesbrief.

Ein sehr besonderer Familienroman

400 S. | € (D) 14,– | sFr 20,– | € (A) 14,40
ISBN 978 3 311 15053 4

Louma hat vier Kinder von zwei Männern. Als sie stirbt, müssen die Kinder auseinander. Oder die Männer zusammen.

Stadt der Liebe – und der Literatur

336 S. | € (D) 14,– | sFr 20,– | € (A) 14,40
ISBN 978 3 311 15064 0

Paris 1925. Die junge Berlinerin Ann-Sophie von Schoeller landet zufällig in der Buchhandlung Shakespeare and Company.

Das Minenfeld Familie

272 S. | € (D) 13,– | sFr 18,– | € (A) 13,40
ISBN 978 3 311 15073 2

Eine ganze normale Familie in einem Vorort von Chicago droht an der Esssucht der Mutter auseinanderzubrechen.

Ein fesselnder Abenteuerroman

432 S. | € (D) 15,– | sFr 21,– | € (A) 15,50
ISBN 978 3 311 15076 3

1914 beginnt Sir Ernest Shackleton eine gewagte Expedition. Als Erster will er den antarktischen Kontinent zu Fuß durchqueren.

Der Klassiker des Feminismus

192 S. | € (D) 12,– | sFr 17,– | € (A) 12,30
ISBN 978 3 311 150 08 4

Einer der wegweisenden Texte der Frauenbewegung: engagiert, poetisch, erfahrungssatt und ironisch. Jetzt neu übersetzt.

Mit diesem Roman beginnt der Sommer.

320 S. | € (D) 13,– | sFr 18,– | € (A) 13,30
ISBN 978 3 311 150 38 1

Zwei heranwachsende Mädchen in einem alten Hotel in der Champagne. Ein Sommer voller Leidenschaften und Geheimnisse.

Ein Welterfolg in über 50 Sprachen

144 S. | € (D) 12,– | sFr 17,– | € (A) 12,30
ISBN 978 3 311 150 50 3

Eine Parabel über die Bedrohung der Natur und die Liebe zum Lesen, ein dramatischer Kampf zwischen Mensch und Natur.

Literatur-Nobelpreis

464 S. | € (D) 15,– | sFr 21,– | € (A) 15,40
ISBN 978 3 311 150 16 9

Ein Roman über die Sehnsucht, sich in der Welt zu verlieren, ein Roman über das Reisen und dabei selbst wie eine Reise.

Eine Freundschaft, die kein Alter kennt

224 S. | ca. € (D) 12,– | sFr 17,– | € (A) 12,30
ISBN 978 3 311 15037 4

Vierzig Jahre und drei Stockwerke liegen zwischen Georg und seiner Nachbarin. Georg weiß: Auf Frau Lemke ist immer Verlass.

Ist das schon das Leben?

176 S. | ca. € (D) 13,– | sFr 18,– | € (A) 13,40
ISBN 978 3 311 15092 3

Ausbildung, studieren, etwas anderes. Feiern, die Welt verbessern. Ist das Leben Mitte 20 schon ernst?

Ein radikaler Entschluss

336 S. | ca. € (D) 15,– | sFr 21,– | € (A) 15,40
ISBN 978 3 311 15088 6

Michael Kabongo wird durch die USA reisen, solange sein Geld reicht, dann wird er sein Leben beenden.

Wie geht das: sich durchschlagen?

304 S. | ca. € (D) 15,– | sFr 21,– | € (A) 15,40
ISBN 978 3 311 15093 0

Virtuos verknüpft Felicitas Korn die Geschichten dreier Leben, die unterschiedlicher kaum sein könnten.

Was Frauen erzählen

Eintauchen in Geschichten

Ein uralter Mythos neu erzählt

OLGA TOKARCZUK
ANNA IN

EINE REISE ZU DEN
KATAKOMBEN DER WELT

192 S. | ca. € (D) 14,– | sFr 20,– | € (A) 14,40
ISBN 978 3 311 15055 8

Die schöne, aber auch machtbewusste AnnaIn steigt hinab ins Reich der Toten zu ihrer Zwillingsschwester, der Herrscherin der Unterwelt.

Venedig in der Renaissance

LEA SINGER
LA FENICE

304 S. | ca. € (D) 14,– | sFr 20,– | € (A) 14,40
ISBN 978 3 311 15080 0

Die junge Kurstisane Angela del Moro will kein Opfer sein – und wird Muse weltberühmter Maler.

Im London der Swinging Sixties

TESSA HADLEY
FREIE LIEBE

384 S. | ca. € (D) 15,– | sFr 21,– | € (A) 15,40
ISBN 978 3 311 15081 7

Als der kaum zwanzigjährige Nicholas in einer Sommernacht die Hausfrau Phyllis leidenschaftlich küsst, gerät alles durcheinander.

Ein von der Kritik gefeiertes Debüt

REBEKKA SALM
DIE DINGE BEIM NAMEN

ca. 192 S. | ca. € (D) 14,– | sFr 20,– | € (A) 14,40
ISBN 978 3 311 15079 4

Chantal und Sandra in einem Schweizer Dorf: zwei Frauen, viele Männer und eine Nacht, die noch über dreißig Jahre später nachhallt.

Klar, unsentimental, berührend

TOVE JANSSON
FAIR PLAY

128 S. | ca. € (D) 12,– | sFr 17,– | € (A) 12,40
ISBN 978 3 311 15083 1

Über Liebe und Arbeit, die Freiheit und das Meer: Mari und Jonna in Helsinki, zwei Lebenskünstlerinnen zwischen Atelier und Schäreninsel.

»Eine Salamipizza mit Gürkchen.«

JEAN KYOUNG FRAZIER
PIZZA GIRL

240 S. | ca. € (D) 14,– | sFr 20,– | € (A) 14,40
ISBN 978 3 311 15090 9

Jane fährt in in L. A. Pizza aus: Achtzehn und schwanger, steckt sie mitten im Gefühlschaos.

Kampa
Salon

*Der Ort für die
vielseitigsten Gespräche*

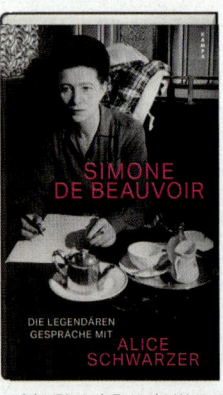

ca. 144 S. | ca. € (D) 22,–
ca. sFr 30,– | ca. € (A) 22,70
ISBN 978 3 311 14049 8

128 S. | € (D) 20,– | sFr 28,– | € (A) 20,60
ISBN 978 3 311 14039 9

ca. 208 S. | ca. € (D) 22,–
ISBN 978 3 311 14048 1

160 S. | € (D) 22,–
ISBN 978 3 311 14036 8

160 S. | € (D) 20,–
ISBN 978 3 311 14001 6

304 S. | € (D) 22,–
ISBN 978 3 311 14010 8

216 S. | € (D) 20,–
ISBN 978 3 311 14006 1

184 S. | € (D) 22,–
ISBN 978 3 311 14005 4

ca. 192 S. | ca. € (D) 23,–
ISBN 978 3 311 14030 6

496 S. | € (D) 28,–
ISBN 978 3 311 14008 5

352 S. | € (D) 24,–
ISBN 978 3 311 14027 6

Bildnachweis: U1 + S. 4: © Guy Yanai – Woman Sleeping Near the Sea; Fotografie: © Elad Sarig;
S. 2: © Trevor Leighton; S. 3: © Mark Vessey 2015; S. 5: © Irène Zandel; S. 6: © XaMaps/Adobe Stock;
S. 8: © Łukasz Giza; S. 9: © Stuart Ruel; S. 11: © ullstein bild - Roger-Viollet/Jean-Pierre Couderc;
S. 12: Ignasi Font; S. 14: © Robert Doisneau © Gamma-Rapho, Paris; S. 16: © Magdalena Russocka /
Trevillion Images; S. 17: © Jean François Bérubé; S. 18: Simon Marchner; S. 20: © Olimpia Zagnoli;
S. 24: © Ben Wiseman; S. 26: Gene Glover/Agentur Focus

Der berühmteste Fragebogen der Welt als literarisches Gästebuch zum Ausfüllen

Mit über 20 Musterantworten und 60 Seiten zum Ausfüllen

DER PROUST FRAGEBOGEN

Ein literarisches Gästebuch

»Was ist Ihr größter Wunsch?«

»Welches Talent hätten Sie gern?«

»Wie möchten Sie sterben?«

»Was ist Ihr größtes Versäumnis?«

208 Seiten | Halbleinen
€ (D) 28,– | sFr 38,– | € (A) 28,80 | ISBN 978 3 311 25005 0

Den Proust-Fragebogen, seit über 100 Jahren ein beliebtes Gesellschaftsspiel, gibt es nun als elegantes Geschenk- oder Gästebuch. Ein Buch, das in jeden bibliophilen Haushalt gehört und ausgefüllt zu einem wunderbaren Erinnerungsstück wird.

www.kampaverlag.ch

© 2024 by Lara Flues, Kampa Verlag
ISBN 978 3 311 80226 6

»Die Richtige«, sagte Jona. Sie verstand den Schmerz ihres Vaters, seine Sprachlosigkeit.

Frank nickte.

Es gab einige Männer vor und nach Jacob, keiner hielt sich länger als eine Packung Joghurt. Keiner hinterließ Spuren. Vielleicht ließ sie auch nur Männer in ihr Leben, die sie nicht verletzen konnten, so wie Baptiste. Sie hatte ihn nie wiedergesehen, nie wieder von ihm gehört. Die Erinnerung an sein Gesicht, an seine Stimme war verblasst. Nicht vergessen hatte Jona, wie es sich anfühlte, wirklich verliebt zu sein, und wie es war, wenn jemand einem das Herz brach.

Die Liebe und das Leid waren zusammen mit einer Reise und viel zu schweren Koffern in Jonas Geist miteinander verbunden.

Jona hatte keinen großen Freundeskreis. Viele ihrer Schulfreunde waren weggezogen, oder man hatte sich auseinandergelebt. Festgestellt, dass die einzige Verbindung die Vergangenheit war. Jeder Satz begann mit: »Weißt du noch …« oder »Erinnerst du dich noch …« Die Verabredungen wurden seltener, und irgendwann hörten sie ganz auf.

Jonas einzige richtige Freundin war ihre Nachbarin Muriel. Muriel war Ernährungsberaterin, die sich selber hauptsächlich von Fish and Chips ernährte, ein Päckchen Camel am Tag rauchte und zu viel Gin trank.

Muriel war geschieden. Sie wohnte zusammen mit ihrem siebenjährigen Sohn Mike und einer fetten Katze in dem Appartement neben Jona.

Vor vier Monaten hatte Muriel Lance kennengelernt. Sie hatte Lance von ihrer Kindheit, ihrem schlechten Verhältnis zu ihren Eltern, ihrer gescheiterten Ehe und diversen Affären erzählt. Nur ihren Sohn Mike hatte sie verschwiegen. Sie wollte den richtigen Moment abpassen. Aus Erfahrung wusste sie, dass ein Kind Männer abschrecken konnte, und so schob sie diese Unterhaltung vor sich her. Die meisten Wochenenden verbrachte Mike bei seinem Vater, aber wenn Muriel mit Lance unter der Woche ausging und die Wahrscheinlichkeit bestand, dass er mit zu ihr kommen würde, brachte sie Mike zu Jona.

Es war Montag. Muriel und Mike standen vor der Tür.

»Lance?«, fragte Jona.

»Nein. Mein Ofen ist kaputt, kann ich deinen benutzen?«

»Klar, willst du reinkommen?«

»Ja.«

Jona umarmte Mike und nahm Muriel die Kuchenform aus der Hand.

»Wie viel Grad?«

»Dreihundertfünfzig, vierzig Minuten. Hast du was zu trinken? Wein oder Gin.«

»Wein.«

Jona schob den Kuchen in den Ofen, während Muriel und Mike sich im Wohnzimmer ausbreiteten. Sie kam mit einer Flasche Wein und zwei Gläsern zurück.

»Was willst du trinken, Mike?«

»Kaffee«, sagte er.

»Du trinkst keinen Kaffee«, sagte Muriel.

»Doch, bei Papa trink ich Kaffee.«

Muriel verdrehte die Augen. »Orangensaft oder Wasser?«

»Saft«, sagte er.

Jona brachte Mike ein Glas Saft.

»Hat jemand Geburtstag?«, fragte sie.

»Warum?«

»Kuchen.«

»Nein. Mikes Schule. Alle Eltern müssen einen Kuchen backen, für einen Basar. Und es wird ausdrücklich darauf bestanden, dass man selbst backt und nicht fertig kauft. Diese Lehrer sind schlimmer als die Nazis.«

»Na ja«, sagte Jona.

»Doch, ich sag's dir. Deshalb stecken sie die Kinder in Uniformen. Kann ich eine rauchen?«

»Klar.«

Muriel steckte sich eine Zigarette an. Jona brachte ihr einen Aschenbecher.

»Papa sagt, dass wir sterben, wenn du rauchst.«

»Das ist Blödsinn. Ich darf rauchen, du nicht. Und niemand stirbt. Noch ein Nazi«, sagte Muriel zu Jona. »Ein Nazi, der meinem siebenjährigen Sohn Kaffee gibt.«

»Der Kaffee ist für Kinder«, sagte Mike. »Extra für Kinder. Wer sind die Nazis?«

»O nein«, sagte Muriel, »Niemand. Ich ... Mike, kannst du bitte vergessen, was die Mama gesagt hat?«

Mike schloss die Augen und fasste sich an die Stirn.

»O. k. Kann ich einen Hund haben?«

Muriel lachte. »Der Hund würde Mister Cat auffressen.«

»Einen kleinen Hund? Einen ganz kleinen …«

»Du Monster«, sagte Muriel.

»Bin ich auch ein Nazi?«, fragte Mike.

»Gut. Du kriegst einen Hund.« Sie sah Jona an und schüttelte ganz leicht den Kopf.

»Wann?«

»Bald.«

»Wann ist bald?«, fragte er.

»Bald ist bald, und jetzt halt den Schnabel.«

»Schlaf ich heute bei dir, Jona?«, fragte Mike.

»Nein«, sagte Muriel, »du schläfst heute zu Hause.«

10

Die Eieruhr klingelte. Der Wein war leer.
»Der Kuchen! Der Kuchen!«, rief Mike und sprang auf.

Alle drei gingen in die Küche. Jona nahm einen Topflappen und holte den Kuchen aus dem Ofen.

»Warum ist der denn so flach?«, sagte Muriel.

»Du hast ihn gebacken.«

»Ich hasse diese Schule«, sagte Muriel.

»Oh, darf man nicht sagen«, sagte Mike, »darf man nicht sagen.«

»Ich schon«, sagte Muriel.

»Riecht gut«, sagte Jona.

»Mama, können wir ihn essen?«

»Nein, der ist für den Basar.«

»Aber er sieht komisch aus«, sagte Mike.

»Vielleicht geht er ja noch auf«, sagte Muriel.

»Ne«, sagte Jona.

»Ich habe so Hunger auf Kuchen, auf den Kuchen«, sagte Mike, »er ist zu hässlich, um ihn zu verkaufen.«

»Er ist nicht hässlich, er ist nur flach.«

»Die anderen Kinder bringen richtigen Kuchen.«

»Das ist richtiger Kuchen.«

»Sieht aus wie …«, begann Jona.

»Wie was?«, fragte Muriel.

»Jedenfalls nicht wie Kuchen.«

»O. k. Dann essen wir den jetzt«, sagte Muriel, »und morgen früh kaufe ich einen. Aber du darfst mich nicht verraten, Mike.«

»Ich sag den Nazis nichts«, sagte Mike.

»Bravo«, sagte Muriel.

»Sollen wir den erst abkühlen lassen?«, fragte Jona.

»Ne«, sagten Muriel und Mike wie aus einem Mund.

Mit Gabeln und Kuchen gingen sie zurück ins Wohnzimmer.

Sie aßen den warmen Kuchen direkt aus der Form. Pusteten, um sich nicht den Mund zu verbrennen.

»Schmeckt gut«, sagte Jona.

Muriel holte eine Flasche Gin und eine Flasche Tonic Water aus ihrem Appartement. Jona legte eine DVD ein. *Dornröschen*, Zeichentrick von 1959. Mike liebte den Film. Er konnte alle Lieder mitsingen.

Er lag auf dem Boden vor dem Fernseher, ganz versunken in das Geschehen auf dem Bildschirm. Jona und Muriel saßen auf dem Sofa und tranken Gin Tonic.

»Du hast Lance immer noch nicht von …«, Jona blickte zu Mike, »… erzählt?« Sie sprach leise.

Muriel schüttelte den Kopf. »Ich warte …«

»… auf den richtigen Moment«, beendete Jona den Satz und lachte.

»Genau.«

»Wie lange willst du warten? Bis Mike volljährig ist und auszieht?«

Muriel sah in ihr Glas, als gäbe der Gin, wenn sie ihn nur lange genug anstarrte, eine Antwort. Muriel blickte auf. »Und was ist mit dir?«

»Mit mir?«, fragte Jona erstaunt.

»Lord Fulton.«

Jona zuckte mit den Schultern.

»Wie lange willst du warten?«

»Das ist doch was ganz anderes«, sagte Jona.

»Na ja. Wie lange dauert euer Telefonflirt nun? Zwei Jahre? Drei?«

»Fast vier. Aber … Es ist doch … Er ist ein Kunde. Er bucht Reisen. Es ist doch nicht …«

»Ein außergewöhnlicher Kunde«, sagte Muriel und lachte.

Muriel hatte recht. Lord Fulton war ein außergewöhnlicher Kunde. Vor vier Jahren hatte er zum ersten Mal im Reisebüro angerufen. Seine Stimme war tief und warm. Er wollte eine Reise nach Peru buchen. Aber anstatt sich über Hotels und Flüge, Daten und Uhrzeiten zu erkundigen, erzählte Lord Fulton ihr eine Geschichte über seine letzte Reise. Es war die erste von vielen Geschichten, die er ihr erzählen würde. Seine Geschichten, die in Zügen und Flugzeugen, in fernen Ländern und Weltmetropolen spielten, handelten stets von der Liebe. Von Begegnungen. Einmal hatte sie Lord Fulton gefragt, ob er reiste, um die Liebe zu finden. Womöglich flirtete sie wirklich ein wenig.

Vielleicht, hatte er geantwortet, und sie konnte ein Lächeln in seiner Stimme hören. Vier Jahre hielt diese

Telefonfreundschaft nun an. Er lebte in Schottland, sie hatten sich noch nie gesehen. Wann immer ein attraktiver Mann das Büro betrat, hoffte Jona, es sei Lord Fulton. Aber jedes Mal wurde sie enttäuscht.

Irgendwann würde er sicher einmal nach Bath kommen. Irgendwann würde er vor ihr stehen.

Ab und zu spielte Jona mit dem Gedanken, ihn in Schottland zu besuchen. Aber sobald sie ernsthafter darüber nachdachte, war sie wieder achtzehn Jahre alt. Der Eurostar. Zwei unendlich schwere Koffer. Ein gebrochenes Herz. Und schnell, bevor die alte, nie ganz verheilte Wunde wieder aufbrach, verdrängte sie den Gedanken an eine Reise nach Schottland.

11

Jona saß an dem Mahagonischreibtisch, Keaton in einem der Ohrensessel. Es regnete.

Keaton sah müde aus, alt. ›Er ist über achtzig‹, dachte Jona, ›er darf alt aussehen.‹ Trotzdem sorgte sie sich. Er war ungewöhnlich still. Vor einigen Tagen war er aus Indien zurückgekehrt. Sonst schien er immer erfrischt, lebendig, wenn er von einer Reise zurückkehrte, aber diesmal wirkte er erschöpft.

»Alles in Ordnung?«, fragte Jona.

»Ja. Ich bin nur ein bisschen ausgelaugt.« Seine Augen waren auf das Porträt des blauen Gottes gerichtet. Jona wartete, dass Keaton etwas über Vishnu, den Erhalter sagen würde, aber er schwieg.

»Dein Liebling«, sagte Jona schließlich.

Keaton nickte.

Und dann war es wieder still.

»Wie geht es Ravi?«, fragte Jona.

»So weit«, sagte Keaton.

Die Türe ging auf. Trudy kam herein. Roter Regenschirm, roter Lippenstift. Ihre zierliche Gestalt steckte in einem etwas zu großen Wachsmantel und Regenstiefeln.

»Trudy«, sagte Jona erfreut, »willst du einen Tee?«

»Lass mich erst mal aus den nassen Sachen schlüpfen.«

Trudy legte ihren Mantel ab, zog die Stiefel aus.

»Ein Tee wäre schön.« Dann sah sie Keaton an.

»Keat«, sagte Trudy.

»Guten Tag«, sagte er.

»Guten Tag? Was ist das für eine Begrüßung, mein Freund?«

»Schön, dich zu sehen, Trudy. Bin nicht auf der Höhe.«

»Natürlich bist du nicht auf der Höhe. Wir sind alt, wir sollten tot sein«, sagte Trudy.

Keaton lachte.

»Komm, komm, ein paar Jahre haben wir noch«, sagte er und klang endlich wieder wie er selbst.

»Vier Beerdigungen im letzten Monat«, sagte Trudy und setzte sich in den freien Ohrensessel. »Bald ist jeder, den ich gekannt habe, unter der Erde. Wer kommt dann zu meinem Begräbnis? Keiner mehr da.«

Jona reichte Trudy eine Tasse Tee. »Du kommst, mein Kind, nicht wahr?«

»Natürlich«, sagte Jona, »aber es werden noch viele, viele Jahre vergehen.«

Trudy zwinkerte Jona zu. »Wir werden sehen. Aber lass uns von erfreulicheren Dingen sprechen. Wie geht es dir, Jona? Hast du einen Freund? Aufregende Pläne?«

»Nein, Trudy, alles wie immer.«

»Ach, Herzchen. Worauf wartest du nur?«

»Ich warte auf nichts.«

Eine Weile lang schwiegen sie alle drei.

»Ich habe ein paar finanzielle Verluste erlitten«, sagte Keaton.

»Und das bedeutet?«, fragte Trudy.

Keaton zuckte mit den Schultern. »Das Geschäft ist schon lange nicht mehr profitabel …«

Die Leute buchten ihre Reisen selbst übers Internet. Die Indienreisen mit Keaton als Führer waren zwar beliebt, aber obwohl sie teuer waren, war der Erlös gering.

»Ich weiß nicht, wie lange … wie lange wir noch weitermachen können … Shiva tanzt. Im endlosen Tanz zerstört er alles, damit Neues entstehen kann. Aber noch sind wir nicht am Ende«, sagte Keaton, »und jetzt habe ich Hunger. Wen darf ich zum Essen einladen: Trudy?«

Trudy nickte.

»Jona?«

»Nein, ich bleib hier.«

»Komm schon«, sagte Keaton.

Jona schüttelte den Kopf. »Vielleicht ruft jemand an, um eine Reise zu buchen.«

»Wir haben einen Anrufbeantworter.«

»Ich habe keinen Hunger.«

»Dann bis später.«

Trudy zog ihre Montur wieder an, Keaton nahm den Regenschirm, und gemeinsam verließen sie das Ladenlokal.

Jona hatte einen Kloß im Hals. Sie stand auf und betrachtete Vishnu. »Erhalte uns, bewahre uns«, flüsterte sie.

Was würde sie tun, wenn Keatons Reisebüro nicht mehr existierte? Das Büro war mehr ein Zuhause als eine Arbeitsstelle, und Keaton und Trudy so etwas wie ihre Familie. Natürlich war es ihr nicht entgangen, dass immer weniger Menschen ihre Dienste benötigten. Und wahrscheinlich würde der Trend sich fortsetzen. Mit den Jane-Austen-Touren verhielt es sich anders. Jeden Monat stieg die Zahl der Buchungen. Erst vor drei Wochen hat Jona zwei weitere Führer eingestellt. Einen Philosophiestudenten, Anthony, der ganze Passagen von *Emma* auswendig kannte und jeden erhaltenen Briefwechsel von Jane Austen mehrere Male gelesen hatte. Und Fiona, sie studierte Literatur und wollte Schriftstellerin werden. Jane Austen war ihr Vorbild, ihre Heldin.

Keaton behandelte die Jane-Austen-Touren stiefmütterlich. Zu wenig Abenteuer, zu wenig Indien. Er überließ alle Entscheidungen, die die Touren betrafen, Jona.

12

Erhalte uns«, sagte Jona wieder zu dem blauen Gott, als das Telefon klingelte.

»Hallo.« Sie erkannte seine Stimme sofort.

»Lord Fulton … Wie geht es Ihnen?«

»Gut. Sehr gut wäre übertrieben. Und Ihnen?«

»Oh … eigentlich … heute ist ein … Aber eigentlich auch gut.« Sie entschied sich, Lord Fulton nichts von den finanziellen Problemen des Reisbüros zu erzählen. Das wäre unprofessionell, schließlich war Lord Fulton ein Stammkunde.

»Ein schwieriger Tag?«

»Ja.« Und dann, um das Thema zu wechseln, fragte sie ihn, was sie ihn schon oft hatte fragen wollen. Manchmal glaubte sie in seiner Stimme einen leicht amerikanischen Akzent ausmachen zu können.

»Lord Fulton, bilde ich es mir ein, oder haben Sie einen amerikanischen Akzent?«

Er lachte. »Das fällt Ihnen jetzt erst auf? Nach vier Jahren? Meine Mutter war Amerikanerin. Mein Vater Schotte. Bis ich zwölf war, haben wir in den Staaten gelebt.«

»Das haben Sie mir nie erzählt.«

»Wirklich? Mmh …«, machte er und dann, nach

einem Moment der Stille, fuhr er fort: »Da habe ich eine Geschichte für Sie.«

Jona lächelte. Seine Geschichten waren die Essenz ihrer Freundschaft. Das Einzige, was Jona fürchtete, war, dass eines Tages eine Lord-Fulton-Geschichte ihr Happy End finden würde.

»Es waren drei Stunden zwischen zwei Flügen«, begann er.

»Ich war in den USA. Zurück an dem Ort, an dem ich meine Kindheit verbracht hatte. Als ich von Bord gegangen war, steuerte ich den verlassen daliegenden kleinen Flughafen an. Es war eine dieser heißen Sommernächte, typisch für den Mittleren Westen. Ich wusste nicht, ob sie noch lebte, ob sie noch in dieser Stadt wohnte oder wie sie jetzt hieß. Es gab damals noch Telefonbücher, auch an öffentlichen Orten, und zu meinem Glück fand ich eines. Also suchte ich nach ihrem Vater, der womöglich inzwischen gestorben war. Nein. Ich fand Richter Harmon Hobbs und die Nummer. Eine Frau meldete sich. Als ich nach Miss Susan Hobbs fragte, lachte sie.

›Sie ist jetzt Mrs Walter Thomas. Wer spricht denn da?‹

Ohne zu antworten, legte ich auf. Ich hatte erfahren, was ich wissen wollte, und ich hatte nur drei Stunden Zeit. Walter Thomas sagte mir nichts. Ob sie nach der Heirat weggezogen war? Doch ich fand auch seinen Namen im Telefonbuch.

›Ja?‹

›Guten Tag. Ist Mrs Thomas da? Hier spricht ein alter Freund von ihr.‹

›Mrs Thomas bin ich.‹

Dieser zauberhafte Klang in ihrer Stimme! Es war noch derselbe wie damals.

›Hier spricht John Fulton. Ich hab dich zuletzt gesehen, als ich zwölf war.‹

›Oh!‹ Sie klang überrascht. Aber ich konnte aus ihrer Stimme weder Freude heraushören, noch hätte ich sagen können, ob sie überhaupt wusste, wer ich war.

›John‹, sagte sie dann. ›Wo bist du denn?‹

Als ich ihr erklärte, dass ich am Flughafen sei und nur wenige Stunden bleiben könne, lud sie mich ein, sie zu besuchen.

Ob sie nicht bald ins Bett gehe, fragte ich sie.

›Du lieber Himmel, nein!‹, beteuerte sie. ›Ich sitze hier allein vor einem Highball.‹

Ich nahm ein Taxi.

Auf der Fahrt ging mir das Gespräch durch den Kopf. Was bedeutete es, dass sie allein war? War sie einsam? Hatte sie sich so zu ihrem Nachteil verändert, dass sie keine Freunde mehr hatte? War ihre Ehe in Gefahr?

Weil sie in meinen Träumen immer noch zehn Jahre alt war, schockierte mich der Highball. Ich musste lächeln: Natürlich war sie längst eine erwachsene Frau.

Ich sah sie schon von Weitem, als das Taxi in die Auffahrt bog. Licht fiel durch die geöffnete Haustür, sodass ich die Umrisse ihrer Gestalt sehen konnte, auch das Glas in ihrer Hand.

Als ich ausgestiegen war, standen wir uns einen Moment lang gegenüber, ratlos und mit großen Augen.

Dann lächelte sie.

›John ... du hast dich so verändert. Wirklich erstaunlich.‹

Als wir das Haus betraten, hatte ich plötzlich ein merkwürdiges Gefühl. Die Erinnerung an unsere letzte Begegnung zog vor meinem inneren Auge vorbei. Sie hatte mich wie Luft behandelt. Ich fürchtete, wir könnten uns nichts zu sagen haben.

Es platzte aus mir heraus: ›Du bist so schön geworden, Susan ...‹

Das Kompliment vertrieb die Verlegenheit zwischen uns, und die Neugier siegte.

›Einen Highball?‹, fragte sie.

Ich schüttelte den Kopf.

›Bitte denk nicht, ich würde häufiger alleine trinken. Ich war heute Abend nicht in guter Verfassung. Mein Mann sollte heute zurückkehren, aber dann rief er an und sagte, dass er erst in zwei Tagen kommt. Er ist ein freundlicher Mann. Und sieht gut aus. Ähnlich wie du.‹ Sie zögerte. ›Ich habe das Gefühl, es gibt eine andere.‹

›Das kann ich kaum glauben.‹

Sie lächelte, aber in ihren Augen lag Schmerz.

›Früher habe ich mich so gequält wie du‹, sagte ich, ›Doch eines Tages habe ich beschlossen, die Eifersucht für immer aus meinem Leben zu verbannen.‹

›Du hast dich sehr verändert, John. Ich weiß noch, dass mein Vater sagte: Der Junge hat Köpfchen.‹

›Da hast du vermutlich widersprochen.‹

›Es hat mich überrascht. Bis dahin hatte ich gedacht, dass jeder Mensch einen Kopf hat.‹

›Woran erinnerst du dich noch?‹, fragte ich.

Susan stand unvermittelt auf und tat ein paar rasche Schritte von mir weg.

›Das klingt‹, sagte sie vorwurfsvoll, ›als ob ich ein schlimmes Mädchen gewesen wäre.‹

›Das warst du nicht. Du glaubst doch nicht, dass du das einzige Mädchen warst, das je einen Kuss bekommen hat?‹

›Du kannst es nicht lassen.‹

Unser Ärger verging, und sie sagte: ›Wir haben wirklich Spaß gehabt.‹

›Beim Schlittenfahren.‹

›Genau. Und bei dem Picknick bei Jamesens. Und in Marquette, in jenem Sommer damals ...‹, sagte sie.

An die Schlittenfahrt erinnerte ich mich sehr genau – wie ich ihre kühlen Wangen geküsst hatte, während sie lachend zu den Sternen hochgesehen hatte.

›Und bei der Party der Connors, wo ich nicht hingehen konnte, weil ich Fieber hatte‹, sagte ich.

›Das weiß ich nicht mehr.‹

›Du warst aber da. Du hast eine andere geküsst, und ich war so rasend eifersüchtig wie später nie wieder.‹

›Aber warum?‹, fragte ich belustigt. ›Ich habe dich so sehr geliebt. Als wir weggezogen sind, warst du wie eine Pistolenkugel in meinem Bauch.‹

›Warst du so ... getroffen?‹

›Mein Gott, natürlich ...‹ Wir saßen jetzt ganz nah. Ich spürte, dass ich sie liebte.

›Sprich weiter‹, sagte sie. ›Dass es dich so mitgenommen hat, wusste ich nicht. Ich dachte immer, nur ich hätte gelitten.‹

›Du?‹, entfuhr es mir. ›Weißt du nicht, wie du mich hast abblitzen lassen?‹

›Das weiß ich nicht mehr. Ich hatte den Eindruck, dass du mich hast abblitzen lassen.‹ Ihre Hand legte sich sanft, fast tröstend auf meinen Arm.

›Oben ist ein Fotoalbum, das ich seit Jahren nicht mehr angesehen habe. Ich suche es mal raus.‹

Sie verschwand. Ich dachte darüber nach, wie sehr sich die Erinnerungen zweier Menschen an ein und denselben Abend unterscheiden konnten. Und darüber, dass Susan mich als Frau genauso faszinierte, wie sie es als Kind getan hatte.

Sie kam zurück.

Wir setzten uns nebeneinander auf die Couch und schlugen das Album auf. Susan sah mich glücklich an.

›Ich freue mich so‹, sagte sie. ›Ich freue mich so, dass du hier bist – und dass du dich so schön an mich erinnerst. Ich wünschte, ich es hätte es damals gewusst. Nachdem du weggezogen warst, habe ich dich gehasst.‹

Dann, ganz plötzlich: ›Küss mich.‹

Und ich küsste sie.

Danach schwiegen wir eine Weile.

›Eine gute Ehefrau macht so was nicht‹, sagte sie

nach einer Minute. ›Ich glaube, seit meiner Heirat habe ich keine zwei Männer mehr geküsst.‹

Sie wandte sich ab und blätterte eine Albumseite um.

›Das dürfen wir nicht wieder tun‹, sagte sie.

›Und wenn wir uns wieder ineinander verlieben würden?‹, sagte ich.

›Hör auf!‹ Sie lachte nervös. ›Das ist vorbei. Es war ein Augenblick. Einer, den wir vergessen müssen.‹

›Sag deinem Mann nichts.‹

›Warum nicht? Ich sage ihm sonst alles.‹

›Es wird ihm wehtun. Du darfst einem Mann nie solche Sachen sagen.‹

›Gut, ich sag's ihm nicht.‹

Susan blätterte weiter.

›Da bist du‹, rief sie.

Ich sah hin. Ein kleiner Junge in Badehose auf einem Pier, im Hintergrund ein Segelboot.

›Ich weiß noch ganz genau, an welchem Tag das entstanden ist!‹ Sie lachte.

Ich beugte mich vor, aber ich erkannte mich nicht.

›Das bin nicht ich‹, sagte ich.

›Doch. Es war in Marquette. In dem Sommer, als wir … als wir immer in die Bucht gegangen sind.‹

›Welche Bucht? Ich war nur drei Tage in Marquette.‹ Noch einmal musterte ich das Foto eingehend. ›Das ist John Davis. Wir sahen uns ziemlich ähnlich.‹

Jetzt sah sie mich erschrocken an.

›Aber du bist doch John Davis!‹ Ihre Stimme war lauter geworden. ›Oder – nein: Du bist John Fulton.‹

›Das habe ich dir doch schon am Telefon gesagt.‹

Sie sprang auf.

›Fulton! Davis! Ich muss verrückt geworden sein. Oder ist es der Whiskey? Was habe ich dir bloß erzählt?‹

Ich blätterte weiter in dem Album.

›Überhaupt nichts‹, sagte ich. Fotos, auf denen nicht ich zu sehen war, zogen an mir vorbei – Marquette – eine Bucht – John Davis. ›Du hast mich abblitzen lassen!‹

›Du darfst diese Geschichte niemandem erzählen‹, sagte sie vom anderen Ende des Zimmers her. ›So was spricht sich herum.‹

›Geschichte? Was für eine Geschichte?‹, sagte ich zögernd. Aber dann dachte ich: Also ist sie doch ein schlimmes kleines Mädchen.

Und mich erfüllte rasende Eifersucht auf den kleinen John Davis – die Eifersucht, die ich für immer aus meinem Leben verbannt hatte.

›Küss mich noch einmal, Susan.‹ Ich fiel vor ihrem Sessel auf die Knie. Aber Susan entfernte sich.

›Du hast gesagt, dass du das Flugzeug kriegen musst.‹

›Ich nehme den nächsten Flug.‹

›Bitte geh‹, sagte sie frostig. ›Versuch dir vorzustellen, wie mir zumute ist.‹

›Aber du tust ja, als würdest du dich nicht an mich erinnern‹, empörte ich mich. ›Als würdest du dich nicht an John Fulton erinnern.‹

›Doch, an dich erinnere ich mich auch. Aber es ist … alles so lange her.‹

Sie rief mir ein Taxi.

Als ich wieder im Flugzeug saß und die Maschine mit Getöse in den Himmel stach, dachte ich darüber nach, was geschehen war.

Für eine kurze Zeit hatte ich in zwei Welten zugleich gelebt. Der Junge, der ich früher gewesen, und der Mann, der ich geworden war, hatten sich zu einer Person verbunden.

Ich habe in diesen Stunden zwischen den Flügen viel verloren. Aber auch gewonnen. Die Vergangenheit war ... durfte von da an einfach Vergangenheit sein.«

13

Das … Das war eine schöne Geschichte. Vielleicht meine liebste von allen, die Sie mir erzählt haben. Sie können gut erzählen.«

Im Hintergrund waren Stimmen zu hören.

»Mrs Crawford. Ich muss los. Und … die Reise. Catania, Sizilien. Ein schönes Hotel, können Sie mir etwas raussuchen?«

»Natürlich.«

»Ich melde mich morgen oder übermorgen.«

Als Jona an dem Abend nach Hause kam, klopfte sie an Muriels Tür. Es war fast eine Tradition, dass sie Muriel jede neue Lord-Fulton-Geschichte erzählte.

Muriel öffnete.

»Jona«, sagte sie. »Hat der Lord sich gemeldet?«

Jona nickte und folgte Muriel in die Wohnung.

Mikes Sachen lagen verstreut herum. Malstifte, Matchbox-Autos, Spielkarten. Ein riesiges Stofftier – ein Krokodil, das zu lächeln schien. Das meiste verschwand in einer Holztruhe aus Zedernholz, wenn Muriel eine Verabredung mit Lance hatte. Nur das Krokodil schleppte Mike immer mit zu Jona.

»Wo ist Mike?«, fragte Jona und setzte sich auf die Couch neben das Krokodil.

»In seinem Zimmer. Er übt Zaubern. Harry Potter. Er will eine verdammte Eule und nach Hockwarts. So viele Wünsche, die ich ihm nicht erfüllen kann.« Muriel hielt ihr Glas hoch, »Gin Tonic? Willst du auch?«

»Gerne«, sagte Jona.

Als Muriel mit den Gläsern zurückkam, setzte sie sich neben Jona.

»Dann lass mal hören«, sagte sie.

Jona nahm einen großen Schluck Gin Tonic und begann. Sie versuchte sich an jedes Wort zu erinnern.

Als sie fertig war, klatschte Muriel.

»Hast du ihm jemals von deiner ersten Liebe erzählt? Paris, Baptiste?«

»Nein«, sagte Jona und dann: »Was wohl aus Susan geworden ist?«

»Wahrscheinlich wohnt sie im selben Haus, ist mit demselben Mann verheiratet und trinkt jeden Abend ein paar Highballs. Oder sie ist geschieden. Susan hat dann auf jeden Fall das Haus bekommen. Und Susan trinkt Highballs.«

»Was genau ist ein Highball?«, fragte Jona.

»Eine Cocktailart in einem hohen Glas mit Eis. Scotch-Soda, Gin Tonic …«

»Also trinken wir gerade einen Highball?«

»Nein. Die Gläser sind zu klein, wir haben kein Eis und mehr Gin als Tonic.«

Beide Frauen schwiegen für einen Moment. »Du musst ihn treffen«, sagte Muriel unvermittelt.

»Wen?«

»Wen? Lord Fulton!«

Jona streichelte das Stoffkrokodil. Natürlich würde sie ihn gerne kennenlernen. Aber was, wenn ihre Begegnung ein Desaster wäre? Dann gäbe es keine Anrufe mehr, keine Geschichten. Außerdem hatte er niemals ein Treffen vorgeschlagen.

Mike platzte ins Zimmer. Auf seine Stirn war mit schwarzer Farbe ein Blitz gemalt, in seiner Hand hielt er einen abgebrochenen Kochlöffel.

»Ist das Edding?«, fragte Muriel und deutete auf Mikes Stirn.

»Das ist eine Narbe«, sagte er, »Mama, ich brauche einen richtigen Zauberstab.«

»Sag deinem Vater, er soll dir einen kaufen.« Sie zwinkerte Jona zu.

»Kann ich ihn anrufen?«

»Morgen.«

»Ich brauch mein Krokodil«, sagte er und griff nach dem Stofftier, das fast genauso groß war wie er.

»Tschüss«, sagte er. Und marschierte, das Krokodil hinter sich herschleifend, in sein Zimmer.

»Ich treffe ihn, wenn du Lance von Mike erzählst«, sagte Jona.

Muriel sah sie an. »Wirklich?«

»Ja. Ich werde mich in den Zug setzen, nach Schottland fahren und … und an seine Tür klopfen.«

Muriel reichte Jona ihre Hand. »O.k. Abgemacht.«

Jona schlug ein.

14

Jona suchte im Internet nach Hotels in Catania. Sie war noch nie auf Sizilien gewesen. Paris war das einzige Mal, dass sie England verlassen hatte.

Als sie noch zur Schule ging, hatten sie und ihr Vater den Sommer immer in Newquay verbracht. Knapp vier Stunden mit dem Auto von Bath entfernt. Eine Surferstadt an der Nordküste von Cornwall. Weder sie noch Frank standen je auf einem Surfbrett. Sie mieteten dort ein kleines Haus mit einem großen Garten, das einer Mrs Glance gehörte. Jona verbrachte die Nachmittage am Strand, Frank im Garten. Sie spielten Backgammon und Uno. Kauften stapelweise Zeitungen und Magazine. Ein paarmal hatte Frank überlegt, ob sie ihren Sommer irgendwo anders verbringen sollten. Italien, Griechenland, eine tropische Insel. Aber sie entschieden sich doch immer wieder für Newquay. Für das Vertraute.

Am späten Nachmittag kamen Keaton und Trudy ins Büro.

»Wir machen noch ein bisschen weiter«, sagte Keaton mit einem breiten Lächeln im Gesicht.

»Jetzt schmücken wir das tote Schwein mit Diamanten«, sagte Trudy.

»Ist das hier«, Jona breitete die Arme aus, »das tote Schwein?«

»Ja«, sagte Trudy.

»Na, na«, sagte Keaton. »Was wäre ich ohne das hier? Das ist … ist alles.« Er blickte zu dem Porträt seines Lieblingsgottes. »Danke, mein Freund, erhalte uns.«

Trudy ließ sich in einen der Sessel fallen. »Ich sage ja schon gar nichts mehr. Ich bin im Ruhestand.«

Keaton setzte sich in den anderen Sessel. »Danke, Trudy.«

»Für mein Schweigen?«

»Nein dafür, dass du mit mir nach London gekommen bist.«

»Ach, Keaton«, sagte sie und seufzte. »Du musst dir was überlegen, Keaton. Aufschub, mehr ist es nicht. Du brauchst eine Lösung. Das Ding«, Trudy deutete auf den Computer, »ist dabei, dich komplett zu ersetzen.«

Keaton senkte den Kopf. Er sah aus wie ein gescholtenes Kind.

»Die Jane-Austen-Touren laufen gut«, sagte Jona.

»Das sind doch keine Reisen«, sagte Keaton.

»Vielleicht freut es dich, dass immer mehr und mehr Besucher aus Indien die Tour buchen. Heute hat Phoebe eine Gruppe, achtundzwanzig Personen aus Mumbai.«

»Trotzdem …«, begann Keaton, aber Trudy unterbrach ihn.

»Und was tut sich sonst noch?«, fragte sie Jona.

»Ähm … Ich suche gerade nach einem Hotel in Catania für Lord Fulton.«

»Ah, unser schottischer Lord, die treue Seele«, sagte Keaton. »Ich liebe Schottland, war einige Male dort. In Strathpeffer. Ein kleiner Ort in den Highlands nahe dem Loch Fannich. Bezaubernd. Lange her …«, sagte Keaton.

»Ich war in Glasgow und am Loch Ness«, sagte Trudy.

»O ja«, sagte Keaton, »ich war auch am Loch Ness.«

Jona dachte: Ich war noch nie in Schottland. Ich war nirgends.

»Wir waren zusammen dort, Keat«, sagte Trudy.

»Ich weiß.«

Beide sahen sich an und lachten.

»Was war so lustig?«, fragte Jona.

Aber sie antworteten nicht, sondern lachten noch lauter. In diesem Moment sahen sie aus wie zwei Teenager.

»Ob du es glaubst oder nicht, Jona, Trudy war ein …«, begann Keaton.

»Ein was?«, fragte Trudy amüsiert.

»Wild warst du, Trudy, wild.«

Sie zuckte mit den Schultern. »Das stimmt wohl. Jona, lass uns unsere Geheimnisse. Ich verspreche dir, du willst die Geschichte nicht hören.«

»Wie hieß die Stadt?«, fragte Keaton.

»Drumnadrochit«, sagte Trudy.

»Genau. Da können wir beide nie wieder hin.«

Und wieder brachen sie in schallendes Gelächter aus.

»Erinnerst du dich an … Wie hieß er? Der Autor, der ein Buch über Schottlands Geister geschrieben hat?«, fragte Trudy.

»Oh Marc Harlod, oder Harold«, sagte Keaton.

»Genau. In Schottland spukt es überall«, sagte Trudy an Jona gewandt. »In jeder Burg, in jedem Schloss. So viele Green und White Ladys.«

Und während Trudy von Inverlochy Castle erzählte, in dessen Nähe zwei große Schlachten um Schottlands Unabhängigkeit gefochten wurden, dachte Jona an Lord Fulton.

Sie versuchte, ihn sich vorzustellen. Sah ihn vor ihrem inneren Auge, in einer Burg. Sein Gesicht war nicht zu erkennen.

Sonnenstrahlen, die durch das ausgedachte Fenster der ausgedachten Burg fielen, blendeten Jonas Augen.

In der Ferne waren das Blöken von Schafen und das Wiehern von Pferden zu hören.

Trudys Stimme riss Jona aus ihren Gedanken. »Ein männlicher Geist, eine Geisterarmee und dann eine Frau, Agnes, die als Hexe verbrannt wurde. Das ist eine ganze Menge Geister für ein einziges Schloss.«

Jona nickte.

»Dass du dich an die Geschichte erinnern kannst«, sagte Keaton anerkennend.

»Es hat mich empört. Ein Geist pro Schloss – einverstanden. Aber das ist zu viel. Das macht das Ganze unglaubwürdig. Und das habe ich … wie hieß er … Marc

60

gesagt. Und er war ganz aufgebracht. ›Ich berichte doch nur. Ich habe es mir doch nicht ausgedacht‹, hat er gesagt.«

»Du hast ihm ganz schön den Kopf verdreht damals«, sagte Keaton.

»Habe ich das?«

»Oh, Trudy. Unsere Trudy war eine Herzensbrecherin«, sagte Keaton und lachte.

Jona betrachtete Trudy. Es war nicht schwer sich vorzustellen, dass Männer ihr scharenweise zu Füßen gelegen hatten.

»Nie mit Absicht«, sagte Trudy. »Und ich habe nie jemandem etwas versprochen, was ich nicht halten konnte.« Sie lächelte. »Deshalb habe ich nie etwas versprochen. Kein Treffen, keinen Anruf. ›Wir werden sehen‹ war immer meine Antwort. Und jetzt genug von der Vergangenheit.«

Trudy stand auf. »Bring mich nach Hause, Keat. Ich muss die Füße hochlegen. Wir sollten tot sein, mein Freund. Wir sind viel zu alt.«

Auch Keaton stand auf. »Was redest du denn da? Wir haben gerade unsere Zukunft gesichert.«

Trudy hakte sich bei Keaton ein. »Das tote Schwein mit Diamanten geschmückt … Aufschub. Mehr nicht. Und überhaupt: Ich bin im Ruhestand.«

15

Am nächsten Morgen, bevor Jona die Kaffeemaschine anstellen konnte, klingelte das Telefon.

»Mrs Crawford?«

»Lord Fulton«, sagte sie. Immer wenn sie seine Stimme hörte, durchströmte Wärme ihren Körper. »Wie geht es Ihnen?«

»Gut. Und Ihnen?«

Sollte sie ihm von Keatons finanziellen Schwierigkeiten erzählen? Dass Trudy das Büro als totes Schwein bezeichnet hatte? Sollte sie ihm sagen, dass sie sich gestern Nacht unendlich einsam gefühlt hatte? Dass ihr, nachdem Keaton und Trudy von einer lange zurückliegenden Schottlandreise erzählt hatten, bewusst geworden war, wie wenige Geschichten ihr eigenes Leben hatte? Und dass sie an ihren Vater gedacht hatte, der seine Geschichten am Ende vergessen hatte?

Aber sie sagte: »Es geht mir gut. Ich habe Ihnen drei Hotels in Catania herausgesucht.«

»Danke«, sagte er. »Waren Sie schon einmal auf Sizilien?«

»Ich war in Paris«, sagte Jona und dann, damit er sie nicht für eine Idiotin hielt: »Ich weiß, dass Paris in Frankreich ist.«

Er lachte. »Aber Sie waren sicher schon einmal in London?«

»Natürlich.« Dass sie dort nur auf dem Weg nach Paris umgestiegen war, sagte sie ihm nicht.

»Da fällt mir nämlich eine gute Geschichte ein. Sie begann am Flughafen in London.«

»Bitte erzählen Sie.«

Und er begann.

»An diesem Tag wimmelte es nur so vor Menschen in Heathrow. Nachts hatte es geschneit, die meisten Flüge waren ausgefallen, und der Flugverkehr kam nur langsam wieder in Gang. Es war so ein Tag, an dem man nicht weiß, ob es sich lohnt zu warten oder ob man sich, um nicht am Terminal zu übernachten, nicht gleich nach einer Unterkunft in der Stadt umsehen soll.

Als ich durch die elektrische Schiebetür in die Abfertigungshalle ging, sah ich vor mir nur Hüte und Mützen und Frisuren. Nie zuvor hat mir die Bandbreite möglicher Kopfbedeckungen und Haartrachten so deutlich vor Augen gestanden. Natürlich, dachte ich mir, nirgendwo sonst versammelt sich eine solche Vielfalt von Menschen wie an einem internationalen Flughafen.

Während ich noch Haarklammern, Rastazöpfe und Zickzackrasuren an den diversen Schädeln bewunderte und mich ganz langsam von der Menge in Richtung Check-in-Schalter voranschieben ließ, wandte sich mir plötzlich etwa zwanzig Meter vor mir für einen kurzen Moment ein Gesicht zu. Es war das Gesicht einer

Frau. Warum gerade sie sich zu mir umdrehte, während all die anderen Drängelnden nur im Sinn hatten, so schnell wie möglich in die entgegengesetzte Richtung vorzustoßen, ist eine Frage, die ich mir bis heute stelle. Vielleicht wollte sie auch einfach nur sehen, wer ihr in die Hacken trat.

Jedenfalls war dies die Minute, in der ich aufhörte, an der Liebe auf den ersten Blick zu zweifeln. Auf der Stelle war es um mich geschehen.

Sie war unvergleichlich schön.

Doch kaum dass ich mir über das Wesen ihrer Schönheit richtig bewusst werden konnte – Welche Form hatte ihre Nase? Welche Farbe ihre Lippen? Wie trug sie ihr Haar? –, verschwand ihr Gesicht wieder in einem Meer aus Hinterköpfen.

Mein Flugzeug nach Toronto startete statt am Vormittag erst um acht Uhr abends. Und doch war ich wohl der einzige von Hunderttausenden Passagieren, der sich in den vielen Stunden Wartezeit nicht eine Minute langweilte. Das Gegenteil war der Fall: Atemlos durchstreifte ich die Hallen, in der Hoffnung, die Schöne noch einmal wiederzusehen. Doch es schien mir nicht vergönnt zu sein.

Während ich in der kalten Winterluft die Stufen zum Airbus der kanadischen Fluggesellschaft erklomm, war ich wohl die niedergeschlagenste Person, die jemals nach stundenlangem Ausharren endlich ihre Reise antreten durfte.«

Lord Fulton verstummte.

»Haben Sie sie wirklich nie wiedergesehen?«, fragte Jona.

Er kicherte. »Ich spanne Sie nur auf die Folter. Sie glauben nicht, wie diese Geschichte weitergeht.

Als die Stewardess mich nämlich zu meinem Platz geführt hatte, saß die Schöne, die ich den ganzen Tag lang gesucht hatte, direkt neben mir, auf dem Sitz am Fenster.

Es grenzte an ein Wunder.

Ich malte mir schon aus, wie wir einander in den acht Stunden Flugzeit, die vor uns lagen, näherkommen würden. So ein unverhofftes Rendez-vous über den Wolken ist doch eine höchst romantische Vorstellung. Wir könnten uns mit unseren Plastikbechern zuprosten, unser Abendessen nebeneinander aus Pappkartons einnehmen und uns dabei erzählen, woher wir kommen und wohin es uns verschlägt …

Der einzige Wunsch, der dann aber in Erfüllung ging, war der, ihre Gesichtszüge näher zu studieren.

Denn kaum hatte ich neben der schönen Unbekannten Platz genommen, kippte sie ihren Sitz schon nach hinten, hüllte sich in die Fleecedecke, die für jeden Fluggast bereitlag, und schlief binnen Sekunden tief und fest ein.

So viel jedenfalls kann ich sagen: Ihre Nase war lang und schmal wie der Stiel einer Rose, ihre Lippen waren leuchtend rot, und ihr goldblondes Haar floss ihr in sanften Wellen bis auf die Schultern.

Darüber hinaus weiß ich nichts über sie. Die Schöne

verschlief den Getränkeservice, sie verschlief die Essensausgabe, und sie verschlief auch jeden meiner Versuche, sie durch Räuspern oder Niesen oder Gähnen zu wecken.

Sie schlummerte tief wie eine Märchenprinzessin.

Erst als die Rollen des Airbus auf kanadischem Boden aufgesetzt hatten, die Anschnallzeichen erloschen waren und die Gepäckfächer geöffnet wurden, erwachte sie, ergriff ihr Handgepäck, zwängte sich an den Passagieren ringsum vorbei – und verschwand für immer.«

16

Sie haben sie nie wiedergesehen?«, fragte Jona.
»Nein«, sagte Lord Fulton.

»Jede ihrer Geschichten ist so anders. Als ob sie jedes Mal ein anderer wären ... Verstehen Sie, was ich meine?«

»Jede Liebe ist auch anders, jede Begegnung«, sagte er.

»Sie wissen so viele Dinge. Die greisen Männer, die schlafenden Frauen zusehen in ... in ...«

»Kyoto«, sagte er.

»Glauben Sie, dass es die Frauen in Kyoto wirklich gibt, oder ist das ausgedacht?«

»Ich weiß es nicht«, sagte er.

In dem Moment ging die Türe des Reisbüros auf. Eine Gruppe – vier ältere Damen – trat ein. Jona nickte ihnen zu.

»Lord Fulton. Jetzt muss ich auflegen. Ich habe Kunden ... Catania«, sagte sie, »die Hotels ...«

»Ich melde mich am Dienstag«, sagte er.

»Das ist eine Verabredung«, sagte Jona.

»Das ist eine Verabredung«, bestätige er, »und ich freue mich.«

»Ich mich auch«, sagte Jona. Sie legte auf und wandte sich den vier Damen zu.

»Guten Tag. Wie kann ich Ihnen helfen?«

»Was für ein Geschäft ist das hier?«, fragte eine der vier.

»Ein Reisebüro.«

»Ah … Also, kann man hier nichts kaufen?«

»Doch. Reisen.«

»Sie haben keine Souvenirs? Wir sind aus Plymouth. Wir sind zum ersten Mal in Bath. Maggies Geburtstagsreise.«

Eine andere der Damen winkte. »Ich bin Maggie.«

»Alles Gute zum Geburtstag«, sagte Jona.

»Das Bild«, fragte die Erste und deutete auf das Porträt des Gottes, »das ist nicht zu verkaufen?«

»Nein.«

»Wer ist das?«, fragte die Dame.

»Der Gott Vishnu. Der Erhalter. Immer dann, wenn das Chaos überhandzunehmen droht, steigt er herab und rettet uns.«

»Den könnten wir gut gebrauchen«, sagte Maggie und lachte.

Am Abend klopfte Jona an Muriels Tür.

»Ich habe eine neue Geschichte«, sagte sie.

»Komm rein. Mike ist bei seinem Vater, und Lance ist krank.«

Muriel mixte zwei Gin Tonic.

»Lass hören«, sagte sie und reichte Jona ein Glas.

Und Jona erzählte.

»Er hat sie nie wiedergesehen«, schloss sie die Geschichte.

Muriel runzelte die Stirn. »Ein Romantiker, dein guter Lord ...«

»Ja«, sagte Jona. »Und das gefällt mir irgendwie. Glaubst du an die Liebe auf den ersten Blick?«

Muriel überlegte. »Auf gewisse Weise ja. Aber ... Der ... Der Anfang ist leicht, was danach kommt, das ist das Schwere. Blake, Mikes Vater: Als ich ihn kennengelernt habe ... Er hat mich von den Socken gehauen. Wirklich. Großartiger Anfang. Und jetzt bete ich jeden Abend, dass er vom Bus überfahren wird. Oder ins Koma fällt und erst wieder aufwacht, wenn Mike achtzehn ist.« Sie lachte. »Wahrscheinlich nicht gut fürs Karma, solche Gebete. Und Lance, es ... Ich kann mir eine Zukunft mit ihm vorstellen. Und doch ... Mike ist der wichtigste Mensch in meinem Leben. Wenn Lance nicht mit mir zusammen sein will, weil ich Mike habe, dann ist Lance nicht der tolle, kluge, lustige, großzügige, warmherzige Mann, für den ich ihn halte. Und ... Ich ... ich habe Angst, dass ... Ich weiß auch nicht.«

Jona nickte.

»Aber ich werde es tun«, sagte Muriel, »und dann fährst du nach Schottland und besuchst den Lord.«

Jona nickte.

17

Am Montag um die Mittagszeit kam Trudy ins Büro. Ihr zuvor graublondes schulterlanges Haar war jetzt ein kupferroter Bob.

»Sag nichts, Jona. Dieser Friseur gehört verhaftet. Ich habe um eine kleine Veränderung gebeten. Jetzt sehe ich aus wie eine gealterte Hafenprostituierte.«

»Nein, es sieht richtig gut aus.«

»Lüg nicht, mein Kind, aber genug von meinen Haaren. Deshalb bin ich nicht hier.«

Trudy setzte sich in einen der Sessel. Ihr Blick schweifte durch den Raum, ruhte für einen kurzen Moment auf jedem Möbelstück, den Bildern, den Schwertern, und verharrte dann auf Jona. »Das Geschäft … alles, was wir in London erreicht haben, ist ein Aufschub. Im besten Falle kann das hier noch ein oder zwei Jahre weitergehen. Keaton will das nicht wahrhaben. Aber Jona, du musst darauf vorbereitet sein. Du hast noch ein langes Leben vor dir.«

Jona spürte, wie ihre Wangen heiß wurden und ihr Tränen in die Augen schossen. Trudy stand auf, ging zu Jona und streichelte ihr über den Kopf.

»Na, na. Wer wird denn da weinen?«, sagte sie sanft. Jona wischte sich mit dem Handrücken die Tränen fort. »Ich … Ich kann mir einfach nicht vorstellen, etwas anderes zu machen, als … als für Keat zu arbeiten.«

»Ich weiß, ich weiß. Oder wir finden eine Lösung.«

»Die Jane-Austen-Touren laufen gut. Vielleicht können wir das irgendwie ausbauen …«

»Mmh«, machte Trudy.

Sie schwiegen, beide ihren eigenen Gedanken nachhängend.

»Ich habe Hunger«, sagte Trudy, »hol deine Jacke, wir gehen mittagessen. Garrick's Head.«

Garrick's Head war Trudys Lieblingslokal. Im 18. Jahrhundert war das Pub das Haus von Richard »Beau« Nash. Er war ein Master of Ceremonies in Bath und als solcher für die Veranstaltung und Durchführung verschiedener gesellschaftlicher Ereignisse zuständig. Ein ewiger Junggeselle, ein Frauenheld. Sein pompöses Auftreten hatte ihm den Spitznamen »Der König von Bath« beschert.

Es hieß, dass es in dem Haus spukte. Der Geist von Beaus einstiger Geliebten Juliana Popjoy gehe dort um.

Benannt war das Garrick's Head nach dem im 18. Jahrhundert berühmten Schauspieler David Garrick.

Sie nahmen an einem der Tische Platz, bestellten die Suppe des Tages, Brot und ein Bier.

»Da ist was dran an deiner Idee mit den Jane-Austen-Touren«, sagte Trudy und trank einen Schluck Bier.

Jona nickte. Sie spürte, dass sie etwas auf der Spur

war. Einer Lösung, die Keaton wahrscheinlich nicht wirklich gefallen würde, aber einer Lösung nichtsdestotrotz.

Trudy bestellte ein zweites Bier.

»Was hättest du gemacht, wenn du nicht für Keat gearbeitet hättest?«, fragte Jona.

Trudy überlegte.

»Ich weiß es nicht. Es war nicht so, dass ich einen Plan hatte. Keaton ... Es war ein Zufall, dass wir uns kennengelernt haben, und dann hat sich eins zum anderen gefügt. Ich war sehr jung. Ich wusste nicht, was ich wollte. Aber ich wusste sehr genau, was ich nicht wollte.«

Obwohl Jona Keaton und Trudy ihr ganzes Leben lang kannte, hatte sie niemals nach den genauen Umständen dieser Freundschaft gefragt.

»Ihr ... wart ihr jemals ein Paar?«

»Keaton und ich?«, fragte Trudy amüsiert.

»Ja.«

Trudy schüttelte den Kopf. »Nein. Wir waren immer nur Freunde. Sind Freunde. Eine besondere Freundschaft. Wir würden füreinander alles tun und haben eine Menge füreinander getan. Und so viel zusammen erlebt. Keaton hat mir ein Leben ermöglicht, das ... Meine Unabhängigkeit. Ich habe die Welt gesehen, Abenteuer erlebt. Damals, als ich jung war. Es war schwieriger für Frauen. Ich hatte ein wunderschönes Leben ...«

»Du lebst doch noch, Trudy«, sagte Jona sanft.

»O ja, aber ich … Ich brauche keine Abenteuer mehr. Füße hochlegen. Ein Buch lesen, das ist genug. Wie heißt es in der Bibel: *Ein jegliches hat seine Zeit, und alles Vorhaben unter dem Himmel hat seine Stunde.*« Trudy lächelte. »Aber du, mein Herzchen, du solltest ein paar Abenteuer erleben.«

Kurz war Jona versucht, Trudy von Lord Fulton zu erzählen. Sie hatte weder gegenüber Keaton noch Trudy jemals seine Geschichten erwähnt. Aber würden diese Telefonate in Trudys Augen als ein Abenteuer bestehen?

»Immer wenn ich etwas gewagt habe, ist etwas Gutes dabei herausgekommen. Zumindest eine gute Geschichte«, sagte Trudy und lachte. »Wir können von Reisen träumen oder sie erleben.«

»Das klingt nach Keaton«, sagte Jona.

»Oscar Wilde«, sagte Trudy.

18

Nach dem Mittagessen verabschiedeten sich die beiden Frauen voneinander. Trudy machte sich auf den Heimweg, und Jona ging ins Büro zurück. Sie druckte die Datei *Catania-Hotels – L. F.* aus. Ihre Gedanken wanderten von Lord Fulton zu Jane Austen. Sie griff nach Stift und Papier und rief nacheinander alle fünf Tourführer an. Sie fragte zuerst, was für Leute an den Touren teilnahmen, denn sie selbst bekam die Gruppen nie zu Gesicht, die Buchungen erfolgten per E-Mail und telefonisch.

Viele englische, deutsche, amerikanische, und auffallend mehr und mehr indische Touristen, sagten sie.

Dann erkundigte sich Jona, wonach die Leute vor und nach der Tour fragten.

Restaurant- und Hotelempfehlungen. Was man sonst noch in Bath besichtigen sollte.

Jona fragte, ob die Leute erwähnten, wie sie auf Fairchilds Reisebüro aufmerksam geworden waren, denn in Bath gab es verschiedene Veranstalter von Städtetouren. Soweit Jona wusste, waren sie die einzigen, die explizit Jane-Austen-Touren anboten. Die anderen Touren waren allgemeiner. Bath-Sehenswürdigkeiten.

Zeitungsannoncen, Prospekte, Internetanzeigen, das war nicht überraschend, denn Jona war verantwortlich für Annoncen und hatte die Prospekte in Auftrag gegeben. Doch dann sagte Phoebe: Ravi. Die Touristen aus Indien erzählten von Ravi. Nicht nur englische Touristen wandten sich an ihn, sondern auch indische, die sich über England informieren wollten. Die letzte Gruppe aus Mumbai hatte eigentlich gar nicht nach Bath kommen wollen, sondern nach London. Aber Ravi hat ihnen Bath ans Herz gelegt.

»Danke, Fibi«, sagte Jona und legte auf. Sie sah auf die Uhr. In Mumbai war es viereinhalb Stunden später. Also früher Abend. Sie suchte Ravis Nummer heraus und rief an.

Ravi bestätigte, dass mehr und mehr wohlhabende Inder nach England reisten. Während sie sprachen, entwickelten sie eine Idee. Eine Zweigstelle in Indien, spezialisiert auf Luxusreisen nach England. London, Bath, Oxford, Cambridge, Newquay, Liverpool, Reading.

»Wir beide könnten die Touren führen«, sagte Ravi. »Ich komme mit den Leuten nach England, und dann legen wir los, Jona.«

Und ohne nachzudenken, ihren Widerwillen gegen das Reisen vergessend, sagte sie: »Ja.«

Sie beendeten das Telefonat mit dem Plan, Keaton in ein paar Tagen die Idee zu unterbreiten. Jona würde mögliche Reiserouten ausarbeiten. Und Ravi würde nach einem Standort suchen und überlegen, wie man das Ganze organisieren würde.

Beschwingt verließ Jona am Abend das Büro. Muriel stand vor ihrer Wohnungstür.

»Da bist du ja endlich«, sagte sie ohne eine Begrüßung. »Heute erzähle ich es ihm.«

»Was?«, fragte Jona verwirrt. Ihre Gedanken kreisten noch um die Zweigstelle in Mumbai.

»Lance. Mike. Ich treffe Lance gleich.«

»Willst du kurz reinkommen?«, fragte Jona. »Und wo ist Mike?«

»Bei seinem Vater.« Muriel sah auf die Uhr. »Ja. Ich hab noch ein paar Minuten.«

Jona holte eine Flasche Wein und zwei Gläser. Muriel trug einen engen Rock, Stiefel und perfektes Make-up.

»Du siehst wirklich gut aus«, sagte Jona.

Muriel erhob ihr Glas. »Danke. Ich hab richtig Schiss.«

»Auf dich«, sagte Jona. Sie stießen an.

»Und du kannst schon mal Koffer packen«, sagte Muriel.

»Schottland.«

Jona verschluckte sich und hustete.

»Du kannst dein Versprechen nicht brechen«, sagte Muriel.

Jona nickte. »Ich hab keinen Koffer. Und ich …«

»Jona«, sagte Muriel drohend.

»Nein … Ja …«, stammelte sie, »wenn du es wirklich tust, dann fahre ich.«

Jona umarmte Muriel zum Abschied und wünschte ihr viel Glück. Zurück im Wohnzimmer goss sie sich ein zweites Glas Wein ein. Natürlich wollte sie, dass Muriel Lance von Mike erzählte und dass Lance gut reagieren würde. Aber ein kleines bisschen hoffte sie auch, dass ihre Freundin kneifen würde. Die Vorstellung, nach Schottland zu reisen und an Lord Fultons Tür zu klopfen, ließ sie erschauern. Hatte das nicht etwas Stalkermäßiges? Schließlich hatte er sie nicht eingeladen, hatte nie direkt den Wunsch geäußert, sie wirklich kennenzulernen. Ja, er flirtete mit ihr, erzählte ihr Geschichten. Warum hatte er sie nie in Bath besucht? Zugegeben, sie hatte ihn auch nie eingeladen. Sie versuchte sich auf ihren Plan, den sie mit Ravi geschmiedet hatte, zu konzentrieren. Aber die Vorstellung des Lords, das unbestimmte Bild des Mannes, der ihr mal so vertraut war und dann wieder ganz fremd, unterbrach ihren Gedankenfluss. Sie trank ein drittes Glas und ließ ihre Gedanken frei.

19

Als sie am Morgen ihre Wohnung verließ, lag ein Zettel vor ihrer Tür.

Er will Mike kennenlernen.
Ich habe vier Koffer, du kannst dir einen aussuchen.
X Muriel

Jona steckte die Notiz in ihre Hosentasche und eilte Richtung Büro.

Der unverwechselbare Geruch von Keatons Parfüm, Caron Pour Un Homme, das er seit Jahrzehnten benutzte, hing in der Luft. Zedernholz und Moschus, Zitrone.

Keaton war nicht da, aber eine Nachricht lag auf ihrem Schreibtisch.

Habe mit Ravi telefoniert. Eine ausgezeichnete Idee.
Danke.
K

Sie steckte auch diese Notiz in ihre Hosentasche.

Zwei Blättchen Papier, die so viel ändern konnten.

Jona öffnete ihre E-Mails.

Eine Nachricht von Ravi.

Keaton hat angerufen, ich konnte nicht anders und habe ihm alles erzählt. Er ist begeistert.
Ravi

Jona lächelte. Sie holte die Unterlagen mit den Hotels in Catania hervor. Lord Fulton hatte gesagt, er würde heute anrufen. Eine Verabredung.

Das Lächeln in ihrem Gesicht wurde noch breiter.

Zehn Minuten später klingelte das Telefon.

»Hallo«, sagte sie.

»Hallo«, sagte er.

»Wie geht es Ihnen?«, fragte Jona.

»Sehr gut, und Ihnen, Mrs Crawford?«

»Gut«, sagte Jona, »soll ich Ihnen von den Hotels in Catania erzählen? Sie haben mir noch gar nicht gesagt, wann Sie reisen wollen.«

»Ich … ähm … meine Pläne haben sich geändert. Ich werde nicht nach Catania fahren.«

»Oh …«, machte Jona.

»Es tut mir leid, dass Sie sich jetzt die ganze Arbeit umsonst gemacht haben. Es … Vielleicht sollte ich fahren, damit Ihre Mühe nicht …«

Jona lachte. »Es war nicht viel Arbeit. Sie müssen nicht nach Catania.«

»Gut«, sagte er, »da bin ich erleichtert. Wie kann ich Sie entschädigen?«

Seien Sie nett zu mir, wenn ich uneingeladen vor Ihrer Tür stehe, dachte sie. Aber sie sagte: »Wie wäre es mit einer Geschichte?«

Lord Fulton lachte.

»Gerne«, sagte er und räusperte sich.

»Anfang der neunziger Jahre lud man mich nach Warschau ein, wo ich einen Vortrag über schottische Schlösser halten sollte. Ich beschloss, zuvor ein paar Tage in Berlin zu verbringen, um mir anzusehen, welche Spuren die langjährige Teilung in der Stadt hinterlassen hatte. Es war ein äußerst eindrücklicher Aufenthalt.

Als ich an einem Gleis des Bahnhofs Zoologischer Garten stand, um meine Weiterfahrt anzutreten, überraschte mich der schäbige Zustand des Zuges, der mich nach Warschau befördern sollte. Offensichtlich stammte das Gefährt noch aus sowjetischer Zeit und sollte wohl weiterverwendet werden, bis es ganz in sich zusammenfiel.

Was das für den Komfort der Fahrgäste bedeutete, wurde mir rasch klar, als ich meinen Sitzplatz eingenommen hatte. Die Polster waren hart und abgewetzt und strömten einen Geruch nach altem Staub aus, als hätte in hundert Jahren niemand das Abteil gelüftet. Auf einem der Fensterplätze und dem benachbarten Sitz hatte sich eine grauhaarige Deutsche ausgebreitet und fütterte ihren Ehemann, der ihr gegenüber Platz genommen hatte, mit Apfelschnitzen aus ihrer metallenen Vesperdose. Vermutlich war es den älteren Herrschaften draußen zu kühl, um das Fenster zu öffnen, aber sie taten auch gut daran, es zu unterlassen, denn die Schiebevorrichtung machte einen so ausgefransten Eindruck, dass man nicht sicher sein konnte, ob sich die Scheibe je wieder würde schließen lassen.

Mir blieb also ein Sitz gleich neben der Tür zum Gang, was mich aber keineswegs störte, denn mir gegenüber saß eine reizende junge Polin. Sie war groß und dunkelhaarig, trug ein elegantes burgunderfarbenes Kostüm und war mit reichlich Goldschmuck behängt.

Der Zug fuhr los, und bald musste ich feststellen, dass er nicht eben dahinglitt wie eine gut geölte Maschine, sondern vielmehr Kilometer um Kilometer vorwärtsstotterte. Mal gelang es ihm, an Fahrt aufzunehmen, dann wieder drosselte er abrupt sein Tempo, und bei jedem dieser Manöver öffnete sich langsam die Abteiltür, um kurz darauf mit einem lauten Knall wieder zuzuschlagen.

Die junge Polin war bereits eingeschlafen, und weil ich schon fürchtete, sie würde durch das Knallen der Tür aufwachen, stellte ich irgendwann meinen Fuß in die Öffnung. Es war eine mehr als unbequeme Haltung, und an Schlafen war natürlich nicht zu denken.

Als der Schaffner an die Scheibe klopfte und mit dröhnender Stimme nach unseren Fahrscheinen fragte, schreckte meine hübsche Mitreisende aus dem Schlaf hoch. Ihr Blick fiel auf meinen Fuß, und auf ihrem Gesicht breitete sich ein herzzerreißendes Lächeln aus.

›Ich habe geschlafen‹, sagte sie. ›Dank Ihnen.‹

Das war der Beginn einer schönen kleinen Romanze, die sich im Speisewagen fortsetzte. Ich lud sie zu einem Glas polnischen Wodka und einem Teller Pierogi ein, und als wir beim Kaffee angelangt waren, bat ich sie, in Warschau zu meinem Vortrag über schottische Schlösser zu kommen.

Natürlich ist sie nicht gekommen.

Dennoch behalte ich diese Zugreise, eine meiner schönsten, in liebevoller Erinnerung«, beendete er die Geschichte.

»Haben Sie darauf gehofft, dass sie zu Ihrem Vortrag kommt?«, fragte Jona.

Er überlegte. »Vielleicht. Aber so, so ist die Polin mir in Erinnerung geblieben. So war es ein perfekter Flirt.«

»Vielleicht hätten Sie sie geheiratet, wenn sie zu Ihrem Vortrag gekommen wäre. Vielleicht wäre es der Beginn einer großen Liebe gewesen«, sagte Jona.

Lord Fulton lachte. »Vielleicht … aber dann würden wir beide jetzt nicht telefonieren.«

Jona spürte, dass sie rot wurde, und war froh, dass er sie nicht sehen konnte.

»Das wäre schade«, sagte Jona.

»Sehr schade«, sagte er.

Sie sprachen noch eine ganze Weile miteinander. Sie redeten über die Theorie des Unglücklichseins. Jona gab ihm recht, auch sie glaubte, dass das Unglücklichsein vom Herzen her käme. Und dass man über dieses Gefühl, so wie über alle Gefühle, keine wirkliche Macht hatte.

20

Wieder wartete Muriel vor Jonas Wohnungstür. Ungeschminkt, im Jogginganzug und mit einem Koffer in der Hand.

»Verreist du?«, fragte Jona.

»Der ist für dich.«

Muriel strahlte. Jona schloss die Wohnungstür auf. Muriel folgte ihr.

»Erzähl. Was hat Lance gesagt?«

Muriel stellte den Koffer ab und ließ sich auf Jonas Couch fallen.

»Dass er sich gedacht hat, dass ich ihm etwas verschweige. Und dass er sich freut, Mike kennenzulernen.« Sie grinste. »Willst du fliegen oder Zug fahren?«

»O Gott«, sagte Jona.

»Keine Widerrede. Du solltest Zug fahren. Dein Paris-Trauma überwinden.«

Jona setzte sich neben Muriel.

»Vielleicht«, sagte sie. »Ich … Was ist, wenn … wenn er … Ich meine, ist das nicht ein bisschen … Wenn ich mit meinem Koffer vor …«

»Den Koffer lässt du im Hotel.«

»Ja«, sagte Jona. »Daran habe ich nicht gedacht.«

Sie sahen sich an und lachten.

»Ich habe ein bisschen recherchiert … Im Internet«, sagte Muriel.

»So? Was hast du recherchiert?«

»Ein paar Informationen über deinen Lord. Viel ist es nicht … Lord John Fulton lebt in der Nähe des Dorfes Plockton in den Highlands.«

»Das weiß ich.«

»Er hat einen Teil seiner Kunstsammlung dem Nationalmuseum in Edinburgh gestiftet und eine große Summe für die Erweiterung eines Kinderhospitals in Inverness gespendet. Jedes Jahr vergibt er ein Stipendium an der University of Edinburgh für Studenten der Medizin. Dein Lord ist ein wahrer Samariter. Ich habe ein Bild von seinem Haus gefunden.«

Muriel holte einen Ausdruck in Schwarz-Weiß aus ihrer Hosentasche.

»Kein Schloss, keine Burg, aber schön.«

Jona betrachtete das Bild. Ein helles großes Haus mit Giebeldach.

»Hast du auch seine Adresse?«, fragte Jona. »Ich kenne nur die Nummer seiner PO Box.«

»Ich wette, dass jeder ihn dort kennt. Plockton ist winzig.«

»Was du alles weißt«, sagte Jona und lachte. Ihr Blick fiel auf den Koffer. Nicht mal halb so groß wie die Monster, die sie nach Paris geschleppt hatte. »Ich mach es«, sagte sie unsicher; und dann bestimmt: »Ich mache es. Ich fahre nach Schottland mit dem Zug und dem Koffer.« Es klang wie eine Prophezeiung.

»Ja«, sagte Muriel.

»Hol uns eine Flasche Alkohol. Mein Vorrat ist aufgebraucht«, sagte Jona.

»Was für Alkohol?«

»Egal.«

Muriel ging in ihre Wohnung und kam mit einer Flasche Champagner zurück. »Zur Feier des Tages. Ein Geschenk meiner Ex-Schwiegereltern.«

Sie tranken, und Jona erzählte von den Schwierigkeiten des Reisebüros, von der Idee der Zweigstelle in Indien. Jonas Wangen glühten, während sie sprach. »Ist das nicht komisch? Jahrelang geschieht nichts, und jetzt fahre ich nach Schottland, um einen Mann zu treffen, und werde indische Touristen durch England führen. Und …«

Sie sah Muriel an. »Ich fahre morgen, sonst mache ich es am Ende doch nicht.«

Muriel nickte. »Wir sind ganz schön mutig, wir beide«, sagte sie.

Jona lachte. Mutig war wohl das letzte Wort, das ihr Wesen beschrieb. Bisher zumindest.

Sie dachte an Paris und fragte sich, wo wohl ihre zwei Koffer gelandet waren. Wahrscheinlich im Fundbüro. Und dann?

Was wurde aus Fundstücken, die nie abgeholt wurden?

»Hast du bei deiner Recherche auch ein Foto von ihm gefunden?«, fragte sie unvermittelt.

»Vom Lord? Nein«, sagte Muriel.

Jona versuchte sich wie so viele Male sein Gesicht vorzustellen, Augen zu der Stimme zu finden. Aber kein Bild wollte entstehen.

»Ich muss Keaton sagen, dass ich mir die Woche freinehme. Ich frage Trudy, ob sie mich vertreten kann. Wie spät ist es?«

Muriel sah auf ihre Uhr. »Halb zehn.«

Jona rief Trudy an, beantwortete alle ihre Fragen ausweichend, verriet aber, dass sie verreisen würde und dass der Grund ein Mann sei.

Trudy war ganz außer sich vor Freude, und Jona versprach, ihr mehr zu erzählen, sobald sie zurück sei.

21

Muriel und Jona saßen an Jonas Küchentisch und tranken Kaffee. Jonas Reise sollte am nächsten Abend um sieben Uhr dreizehn beginnen.

Wie ein Gedicht hatte sie die Verbindung – eine bessere gab es nicht – auswendig gelernt.

Der Titel des Sonetts lautete:

Der lange Weg nach Schottland.

7 Uhr 13 Bath Spa Gleis 2 – Zug Richtung London Paddington

8 Uhr 9 Ankunft in Reading

8 Uhr 15 Reading Gleis 13 – Zug Richtung Manchester

10 Uhr 32 Ankunft in Stafford

10 Uhr 40 Stafford Gleis 3 – Zug Richtung Preston

Umsteigen in Crewe an Gleis 6
Abfahrt 11 Uhr 45 Nachtzug nach Iverness

Ankunft am Morgen um 8 Uhr 45 in Iverness

Weiter um 8 Uhr 55 nach Plockton

Ankunft in Plockton um 11 Uhr 17

Kurz hatte sie überlegt, ob es nicht doch sinnvoller wäre zu fliegen. Aber sie wollte mit einem Koffer im Zug sitzen. Die Erinnerung an Paris, an Baptiste mit etwas anderem, hoffentlich Besserem, zu überschreiben. Ihr war, als hätte sie schon zu viel versäumt, weil der Schmerz dieser ersten großen Enttäuschung sie gelähmt hatte. Ihr jeden Wagemut genommen hatte.

Jetzt buchten Muriel und sie ein Zimmer in einem Bed and Breakfast in Plockton.

Muriel hatte sich freigenommen, um den Tag mit Jona zu verbringen und sie am Abend zum Bahnhof zu begleiten.

Sie bestellten Pizza. Muriel verschlang ein Stück nach dem anderen, Jona bekam keinen Bissen herunter.

»Ich bin Ernährungsberaterin und esse Pizza und Pommes, trinke zu viel Alkohol und rauche. Und du arbeitest in einem Reisebüro und hast seit zwanzig Jahren Bath nicht verlassen«, sagte Muriel.

Die beiden sahen sich an und lachten.

Später packten sie Jonas Koffer. Eine Jeans, eine Wollhose. Drei Pullover. Grau, schwarz und rosa. Kaschmir.

Eine Bluse, einen Rock, Strumpfhose. Socken. Unterwäsche. Ein Paar halbhohe Schnürschuhe.

»Das reicht, oder?«, fragte Jona.

»Ja.«

»Als ich nach Paris gefahren bin, habe ich vierzehn Paar Schuhe und Schlittschuhe eingepackt. Es war Sommer.«

Jona schloss den Koffer.

»Was sage ich, wenn er vor mir steht?«

»Wie wäre es mit ›Guten Tag, Lord Fulton‹.«

Die beiden lachten.

»Guten Tag ist ein … ein Anfang«, sagte Jona.

Muriel druckte den Fahrplan aus und gab Jona das Bild von Lord Fultons Haus.

Sie schrieb die Nummer eines Taxiunternehmens auf und gab sie Jona.

»Was würde ich ohne dich tun?«, sagte Jona und nahm Muriels Hand in ihre.

»Was würde ich ohne dich tun?«, sagte Muriel.

Jona wurde ganz leicht. Egal was geschehen würde, sie hatte Muriel. Eine Freundin, eine wahrhafte Freundin.

Bevor sie ein Taxi riefen, ging Muriel in ihre Wohnung und packte in einen Jutebeutel eine Wasserflasche, eine Dose Cola, ein paar Proteinbars, eine Tüte Chips und ein Päckchen Skittles.

»Reiseproviant.«

Es war bereits dunkel draußen, als sie die Bahnhofshalle betraten. Am Ticketschalter kaufte Jona ihre Fahrkarte.

»Da haben Sie eine lange Reise vor sich«, sagte der schnauzbärtige Mann am Schalter.

Sie gingen zu Gleis 2.

Als der Zug einfuhr, umarmten die beiden sich.

»Ich wünsche dir ein Abenteuer, meine Freundin«, flüsterte Muriel.

Jonas Herz klopfte, aber es war keine Panik, sondern das Gefühl, verdammt lebendig zu sein.

22

Jona betrat ein Abteil, in dem nur eine alte Dame saß. Kurze lockige Haare, silberfarben mit einem Violettstich. Ihre Beine waren so kurz, dass sie in der Luft baumelten. Auf dem Sitz neben ihr stand eine Katzenbox aus geflochtener Weide.

»Guten Abend«, sagte die Alte.

Jona erwiderte ihren Gruß, verstaute den Koffer auf der Ablage über den Sitzen und nahm Platz.

»Das ist Putschi«, sagte die Alte, »Und ich bin Betty.«

»Jona«, sagte Jona.

Betty sah Jona an und fuhr in vertraulichem Ton fort: »Putschi war beim Arzt. Dr. Riley ist nach Bath gezogen. Ich wohne in London. Und Dr. Riley hatte seine Praxis in London. Aber jetzt ist er nach Bath gezogen. Putschi mag keine Veränderung. Ich würde alles für Putschi tun.«

Jona lächelte und nickte verständnisvoll, sie konnte Putschis Gefühle nachvollziehen. Veränderungen waren nicht einfach.

»Fahren Sie nach London?«, fragte Betty.

»Nein.«

»Wohin geht die Reise?«, hakte Betty nach.

»Schottland«, sagte Jona.

»Loch Ness?«

»Plockton.«

»Mein Enkel Simon wohnt in Schottland am Loch Ness. In einem Wohnmobil. Er war so ein guter Junge, und dann hat er das Studium abgebrochen, und jetzt sitzt er da und wartet darauf, das Monster zu sehen.« Betty beugte sich näher zu Jona. »Hat ein paar Schrauben locker, der Junge. Er sagt, er sei ein Forscher. Man weiß nicht, ob man lachen oder weinen soll.«

»Hat er Nessie gesehen?«, fragte Jona.

»Er sagt, Ja.« Betty schüttelte den Kopf. »Und dann haben sie einen Film über ihn gedreht. Und ich dachte, na ja, wenn sie einen Film über ihn machen, vielleicht ist er wirklich eine Art Forscher. Die BBC.« Betty lachte einmal laut auf. »Es war ein Film über Verrückte. Leute, die Begegnungen mit Aliens hatten, ein Vampirjäger und dann Simon. Also die Welt ist voller Spinner. Man weiß nicht, ob man lachen oder weinen soll«, sagte sie wieder. »Da sitzt der Junge den ganzen Tag am See und wartet auf Nessie. Kameras um ihn herum aufgebaut. Und manchmal springt er rein und taucht unter. Er hat eine richtige Ausrüstung mit Sauerstoffflasche und allem. Touristen kommen. Nicht um das Monster zu sehen, sondern um Simon, den Nessie-Forscher zu sehen. Er hält Vorträge – das muss ich ihm lassen, er weiß wirklich alles über das Monster. Über jede angebliche Sichtung … Die Touristen geben ihm ein paar Pounds. Davon lebt er … Sein Vater wollte, dass er Architekt wird, so wie er. Väter wollen ja immer, dass die Söhne in ihre Fußstapfen treten. Ich glaube, dass ist ein großes Unglück in dieser Welt«, sagte Betty weise.

»Haben Sie Ihren Enkel besucht am Loch Ness?«, fragte Jona.

»Nein. Putschi kann nicht so weit reisen, und ich vertraue niemandem, auf Putschi aufzupassen. Falls sie vor mir stirbt und der Junge immer noch da am See sitzt, fahre ich hin.«

»Wie alt ist Putschi?«

»Neun.«

»Wie alt werden Katzen?«, fragte Jona.

»Oh, wenn sie gesund sind, dann können sie auch achtzehn oder noch älter werden. Mein Onkel hatte eine Katze, einen Kater, um genau zu sein. Er hat einundzwanzig Jahre gelebt. Er ist überfahren worden. Wer weiß, wie alt er sonst geworden wäre.«

Und dann schwiegen beide. Jona holte einen Proteinriegel aus ihrem Jutebeutel. Ihr Magen knurrte, sie hatte den ganzen Tag noch nichts gegessen. Der Riegel schmeckte nach staubiger Schokolade und Kokosnuss. In Gedanken ging Jona die Zugverbindung durch.

8 Uhr 9 Ankunft in Reading auf Gleis 13.

8 Uhr 15 Zug Richtung Manchester auch auf Gleis 13.

Sie musste nicht das Gleis wechseln. Einfach stehen bleiben und rein in den nächsten Zug.

Die Abteiltür ging auf. »Fahrkarten bitte«, sagte der Kontrolleur. Er knipste Bettys Fahrschein ab. Dann sah er auf Jonas Ticket.

»Da müssen Sie gleich raus«, sagte er, und wie auf Kommando dröhnte es durch den Lautsprecher: »Nächste Station Reading.«

»Gute Reise«, sagt der Schaffner und verließ das Abteil.

Jona hievte ihren Koffer runter.

»Der hätte Ihnen ruhig helfen können mit dem Gepäck«, sagte Betty.

»Der Koffer ist nicht schwer. Nett, Sie kennengelernt zu haben, Betty.«

»Gleichfalls, gleichfalls. Und falls Sie doch am Loch Ness vorbeikommen und Simon sehen, dann sagen Sie ihm ... Sagen Sie ihm einen schönen Gruß von seiner Oma Betty.«

Jona nickte.

»Und sagen Sie ihm, dass er nach Hause kommen soll.«

»Mach ich«, sagte Jona, »auf Wiedersehen.«

23

Die zweistündige Fahrt nach Stafford verlief ereignislos.

Sie teilte ihr Abteil mit einem Paar mittleren Alters. Beide lasen ein Buch von Agatha Christie. Er *Das Eulenhaus*, sie *Die Schattenhand*.

Die Lippen der Frau formten lautlos die Worte, die sie las. Der Kaffeewagen kam vorbei. Jona kaufte einen Becher Kaffee und ein Snickers. Der Kaffee war stark und lauwarm.

Kurz vor Stafford verließ sie das Abteil, ohne sich von dem Paar zu verabschieden.

Wieder musste sie das Gleis nicht wechseln.

Eine knappe Stunde dauerte die Fahrt von Stafford nach Crewe.

Und dann stieg sie in den Nachtzug nach Iverness. Sie hatte einen Classic Room für sich alleine gebucht. Zwei Betten übereinander. Ein kleines Waschbecken. Jona legte ihren Koffer auf das obere Bett und setzte sich auf das untere.

Es schien eine Ewigkeit her zu sein, dass sie den Zug in Bath bestiegen hatte, dabei waren gerade erst fünf Stunden vergangen, nur zweihundertfünfzig Kilometer trennten sie von zu Hause. Die Zeit verändert ihren Charakter, wenn man unterwegs ist, dachte Jona.

Ihr Magen knurrte wieder. Sie aß die Packung Skittles, bis auf die gelben, die mochte sie nicht.

Sie hatte noch immer Hunger. Und ging durch die engen Gänge des Nachtzuges in den Speisewagen.

Fast alle Plätze waren belegt. Sie stand einen Moment lang unschlüssig da, wollte schon zurück in ihr Abteil, als jemand ihr zurief: »Hier ist noch ein Platz, Miss. Kommen Sie.«

Ein korpulenter Mann mit einem Schnauzbart wie von einem Walross winkte ihr zu. Sie nickte. Nahm ihm gegenüber Platz.

»Oh da habe ich ja Glück, dass ich eine so angenehme Begleitung gefunden habe. Ich esse nicht gerne alleine. Es ist doch viel zivilisierter, mit jemand zusammen zu speisen.« Er streckte seine Hand aus. »Walter Price, aber meine Freunde nennen mich Wally.«

»Jona Crawford«, sagte Jona und schüttelte seine Hand.

Ein Kellner reichte ihnen die Speisekarte.

»Jona, nehmen Sie die Haggis, Tatties and Neeps. Man will es nicht glauben, aber es schmeckt ganz ausgezeichnet hier.«

»Ist das Schaf?«, fragte Jona.

»Schafsmagen gefüllt mit Innereien. Schottisches Traditionsgericht. Aber glauben Sie mir, es schmeckt großartig hier. Ich lade Sie ein.«

»Oh, das ist nicht nötig«, sagte Jona.

»Ich bestehe darauf.«

Der Kellner kam zurück, und Walter bestellte zweimal Haggis und eine Flasche Rotwein. Als der Kellner mit ihrer Bestellung abmarschierte, fragte Walter: »Sie mögen doch Rotwein?«

»Ja«, sagte Jona. Der joviale dicke Mann amüsierte sie.

»Und was führt Sie nach Schottland?«, fragte Walter.

»Ich besuche jemanden.« Sie würde Wally nicht von Lord Fulton erzählen. »Und Sie?«, fragte Jona.

Der Kellner kam mit dem Wein und zwei Gläsern, entkorkte die Flasche und goss einen kleinen Schluck in Walters Glas.

»Ja, ja. Gut«, sagte Walter, nachdem er probiert hatte, und wandte sich dann Jona zu. »Um ihre Frage zu beantworten: Ich habe ein Stück Land am Loch Ness gekauft. Ich glaube, ein ganzes Dorf.« Er lachte laut, sein Körper wackelte. »Und jetzt schaue ich mir an, was ich erstanden habe.« Wieder lachte er.

»Sie haben es ungesehen gekauft?«

»Ja. Es war ein trunkener Abend. Aber ich liebe Schottland. Und von Reue halte ich nichts.«

Das Essen kam, Jona nahm einen kleinen Bissen von dem gefüllten Schafsmagen und versuchte nicht daran zu denken, was sie sich gerade in den Mund schob.

»Gut, oder?«, fragte Walter.

»Ja. Erstaunlicherweise ja.«

Er nickte. »Will man nicht meinen. Gefüllter Schafsmagen im Nachtzug.«

»Und was machen Sie beruflich?«, fragte er.

»Ich arbeite in einem Reisebüro in Bath.«

»Dann sind Sie sicher weit herumgekommen in der Welt.«

»Nicht wirklich«, sagte Jona und lächelte. »Und Sie? Was machen Sie?«

»Investieren«, sagte Walter. »In Ideen, Unternehmen. Meine erste Frau sagte immer: Du hast mehr Glück als Verstand. Und sie hatte recht.«

»Sind Sie verheiratet?«, fragte er unvermittelt.

»Nein«, sagte Jona.

»Geschieden?«

Jona schüttelte den Kopf.

»Verwitwet?«

»Nein.«

Wally trank einen großen Schluck Wein.

»Ich arbeite mich gerade durch Scheidung Nummer drei. Nach der zweiten habe ich mir geschworen, nie wieder zu heiraten, und habe es doch getan. Aber wie gesagt, von Reue halte ich nichts. Wahrscheinlich werde ich auch ein viertes, ein fünftes Mal heiraten.«

Walter bestellte eine zweite Flasche Wein.

»Aber es gibt doch jemanden in Ihrem Leben … einen Mann? Oder eine Frau?«

»Einen Mann«, sagte Jona bestimmt und dachte an Lord Fulton.

»Sie haben wahrscheinlich Hunderte Verehrer«, sagte Walter.

Jona spürte, wie sie rot wurde. Obwohl Walter genau gar keine Anziehungskraft auf sie ausübte, machte sein Kompliment sie verlegen.

»Nicht Hunderte«, sagte Jona und dann, um das Thema zu wechseln: »Glauben Sie an das Monster von Loch Ness?«

»Nein«, sagte Walter lachend. »Sie?«

Jona schüttelte den Kopf und fuhr dann fort. »Aber falls Sie auf dem Land, das Sie gekauft haben, jemanden sehen, der in einem Wohnwagen lebt und sich als Nessie-Forscher ausgibt, ähm … Simon heißt er, könnten Sie ihm von seiner Oma Betty ausrichten, dass er nach Hause kommen soll?«

Walter sah sie belustigt an. »Ein Nessie-Forscher?«

Jona nickte.

»Was es alles gibt … Und Sie kennen ihn?«, fragte Walter.

»Nein. Nur seine Großmutter. Betty.«

Jona und Walter tranken eine dritte Flasche Wein.

Der Speisewagen leerte sich, das Gespräch verebbte. Walter beglich die Rechnung.

»Ich werde dann mal in mein Abteil gehen«, sagte Jona. »Vielen Dank für das Essen.«

»Nichts zu danken, es war mir ein Vergnügen. Ich hoffe, dass wir eines Tages irgendwo wieder zusammen speisen werden«, sagte er. »Ich bleibe noch einen Moment hier sitzen.«

Walter lehnte sich zurück und schloss die Augen. Jona stand auf, drehte sich, als sie am Ende des Speisewagens angelangt war, noch einmal um. Walters Mund war halb geöffnet, er schnarchte leise. Jona war erstaunt, dass jemand so schnell einschlafen konnte. Der dicke Mann sah zufrieden aus. Jona dachte an Lord Fultons wunderschönes Dornröschen, über deren Schlaf er gewacht hatte. Sie musste lachen. Ihr Dornröschen sah aus wie ein Walross und hatte sie dazu gebracht, Schafsmagen zu essen. Sicher fünf Minuten lang blieb Jona stehen.

»Gute Nacht, Wally«, flüsterte sie.

24

Erst als der Zug am Morgen um acht Uhr fünfundvierzig in Iverness eintraf, verließ Jona ihr Abteil.

Ein kalter Wind blies ihr entgegen. Fast am anderen Ende des Bahnsteiges sah sie Walter, ihre Blicke trafen sich. Sie winkten einander zu.

»Gute Reise, Jona aus Bath«, rief er so laut, dass sämtliche Leute ihn anstarrten.

»Gleichfalls«, rief Jona zurück. Sie konnte sein Lachen hören, als sie zu Gleis sechs eilte. Es war das Lachen eines dicken Mannes, der mehr Glück als Verstand hatte.

Sie musste nicht lange auf den Zug nach Plockton warten. Ohne zuerst einen Sitzplatz zu suchen, steuerte Jona die Snackbar an. Sie bestellte Kaffee, ein Sandwich und zwei Flaschen Wasser. Sie fand im nächsten Wagen ein freies Abteil und setzte sich auf den Fensterplatz. Hastig verschlang sie das Sandwich, trank den Kaffee und leerte beide Flaschen Wasser. Die Tür ging auf, und eine vierköpfige Familie kam herein. Vater, Mutter, zwei Jungen, nicht älter als zehn und offenbar eineiige Zwillinge. Sie trugen beide das gleiche T-Shirt: *I love Nessie* stand unter dem Bild eines niedlichen drachenähnlichen Wesens. Die Jungs begannen sich um den anderen freien Fensterplatz zu streiten.

»Ihr könnt den hier auch haben«, sagte Jona und wechselte zu einem der Sitze neben der Türe.

»Das ist sehr nett von Ihnen«, sagte der Vater.

»Vielen, vielen Dank«, sagte die Mutter und forderte ihre Söhne auf, sich ebenfalls zu bedanken.

»Danke«, murmelten die Kinder schüchtern.

Jona lächelte. »Gerne«, sagte sie.

Der Zug fuhr durch schottische Landschaft. Berge, Wälder, Seen, Burgruinen. Wie die Kulisse eines Märchens. Vielleicht, dachte sie, wenn man hier lange genug bleibt, kann man an Seemonster, Drachen und Elfen glauben.

Sie schloss die Augen. Sie hatte nicht gut geschlafen in dem Nachtzug, zu viel Wein.

Wie in weiter Ferne klangen die Stimmen der zwei Jungs. Wortfetzen:

»Nein … Ich hab recht … Kannst du gar nicht. Kann ich wohl …« Und die Ermahnung der Mutter: »Jetzt hört … Seid still …«

Jona war ihrem Ziel ganz nah. Es fühlte sich ganz anders an als ihre Reise nach Paris. Im Halbschlaf lächelte sie bei dem Gedanken an ihren Koffer, der sich so leicht bewegen ließ. Dann dachte sie an Lord Fulton.

Was würde sie sagen, wenn sie ihm gegenüberstand?

Muriels Stimme ertönte in Jonas Kopf. »Wie wär's mit: Guten Tag, Lord Fulton.«

Der Zug erreichte Plockton. Ein kleiner Bahnhof

mit nur einem Gleis. Es gab keine Geschäfte, nur eine Bank und einen Parkplatz. Jona entdeckte ein Taxi. Ein rothaariger Mann lehnte an dem Auto.

»Entschuldigung, sind Sie frei?«, fragte Jona.

»Ja. Wo wollen Sie hin?«

Sie nannte ihm den Namen des Bed and Breakfast. Er verstaute ihr Gepäck im Kofferraum.

Weiße Häuschen reihten sich am Ufer des Loch Carron aneinander. Vor einem zweistöckigen Backsteingebäude hielt der Fahrer an.

»Das ist es.«

Jona bezahlte, der Rothaarige stieg aus, holte ihren Koffer aus dem Gepäckraum und drückte ihr eine Visitenkarte in die Hand. »Falls Sie ein Taxi brauchen.«

»Danke«, sagte Jona und dann: »Kennen … kennen Sie Lord Fulton?«

»Lord Fulton? Klar … Nicht persönlich.« Er lachte kurz. »Jeder kennt ihn hier.«

»Und Sie wissen, wo er wohnt?«

Der Taxifahrer nickte.

»Dann … dann werde ich Sie später anrufen. Ich möchte Lord Fulton besuchen.«

»Sind Sie verwandt mit ihm?«

»Nein. Ähm … befreundet.«

Er betrachtete Jona genauer. »Rufen Sie an, und ich komme.«

Jona nahm ihren Koffer und betrat das Haus.

An der Rezeption, einer schmalen Holztheke, saß eine korpulente Frau mit einem breiten Lächeln.

»Willkommen, willkommen«, sagte sie, so erfreut, als hätte sie seit Jahren auf Jonas Ankunft gewartet.

»Guten Tag. Jona Crawford. Ich habe hier ein Zimmer gebucht.«

»Ich bin Anne«, sagte die Frau. »Dann lassen Sie uns mal sehen.« Anne schlug ein in grünes Leder gebundenes Buch auf. »Ja. Mrs Crawford. Zimmer acht. Es ist das schönste, das wir haben. Erster Stock, das Badezimmer haben wir gerade erst renoviert.« Sie nahm einen der Schlüssel, die hinter ihr an einem Brett hingen, und reichte ihn Jona.

Anne deutete auf den angrenzenden Raum, in dem runde Tische standen. »Frühstück ist von acht bis zehn. Brauchen Sie Hilfe mit dem Koffer?«

»Nein, der ist ganz leicht.«

»Prima. Treppe hoch und nach links. Zimmer acht. Am Ende des Ganges. Ich bin immer hier, falls Sie etwas brauchen.«

Jona bedankte sich, nahm den Schlüssel und stieg die Treppe hinauf.

Sie schloss ihr Zimmer auf. Ein Doppelbett, rosafarbene Bettwäsche. Über dem Bett hing ein Ölgemälde: Eine Burg auf einem Berg.

Ein Nachttisch, ein Schrank – beide aus hellem Holz. Ein kleiner Sekretär aus Nussbaum, auf dem ein Wasserkocher, zwei Tassen und eine Schale mit Teebeuteln standen.

Das Badezimmer war blau gekachelt. Dusche, Waschbecken, Toilette. Jona ließ sich auf das Doppelbett fallen und holte ihr Handy aus der Tasche. Sie wollte Muriel anrufen. *No service* stand auf dem Display.

Sie steckte das Telefon wieder ein. Vielleicht war es ein Zeichen, dass sie es alleine schaffen würde. Ohne Ratschläge, ohne Zuspruch.

Sie sah auf den Digitalwecker, der auf dem Nachttisch stand: Es war zwölf Uhr mittags.

25

Als Jona aufwachte, wusste sie im ersten Moment nicht, wo sie war. Die Verwirrung hielt nur einige Sekunden. Sie war in Schottland in Plockton.

Es war drei Uhr nachmittags. Jona machte sich einen Tee und holte den letzten Proteinriegel aus dem Jutebeutel. Sie öffnete ihren Koffer. Entschied sich für die schwarze Wollhose und den grauen Kaschmirpullover.

Sie nahm eine heiße Dusche. Band ihre noch nassen Haare zu einem Zopf. Sie zog sich an. Tuschte ihre Wimpern und betrachtete sich im Spiegel. Was würde Lord Fulton sehen? War sie hübsch? Es gab Tage, an denen sie sich mochte, und Tage, an denen sie sich scheußlich fand. Hellbraune glatte Haare. Haselnussbraune Augen mit grünen Sprenkeln. Der Mund ihres Vaters, die Nase ihrer Mutter.

Sie sah jünger aus, als ihre Jahre zählten.

Jona holte zwei Lippenstifte aus ihrem Kulturbeutel. Dunkelrot und rosé. Überlegte kurz. Rosé.

Sie nickte ihrem Spiegelbild aufmunternd zu und verließ das Badezimmer. Aus ihrer Tasche holte sie die Papiere, die Muriel ihr mitgegeben hatte. Den Zettel mit der Nummer des Taxiunternehmens und die Zugverbindung legte sie auf den Nachttisch. Das Bild von

Lord Fultons Haus steckte sie in die Tasche. Sie zog ihren Mantel an. Nahm den Schlüssel, atmete tief ein und aus. Sie schloss die Tür hinter sich zu. Und lief die Treppe hinunter.

An der Rezeption stand ein Ehepaar.

»Zimmer fünf«, hörte sie Anne sagen, »es ist das schönste, das wir haben. Erster Stock. Das Badezimmer haben wir gerade erst renoviert.«

Anne erblickte Jona und zwinkerte ihr zu. Jona zwinkerte zurück. Als das Ehepaar abmarschierte, trat Jona an die Theke und holte die Visitenkarte des Fahrers aus der Manteltasche. Anne lächelte.

»Könnte ich Ihr Telefon benutzen? Ich möchte ein Taxi rufen.«

»Aber natürlich.«

Anne reichte ihr ein weißes schnurloses Telefon. Jona wählte. Der Fahrer wusste sofort, wer sie war.

»Bin in zehn Minuten da«, sagte er.

Jona wartete draußen. Der Himmel war wolkenverhangen. Sie sah die Straße hinunter. Zwischen den Häusern standen palmenähnliche Bäume. Im Hintergrund erhob sich ein Berg. Auf dem See segelten Boote. Wie ein Gemälde sah der Ort aus.

Das Taxi kam, und Jona stieg ein.

»Dann zu Lord Fulton?«, fragte der Fahrer.

»Ja«, sagte Jona.

»Ist nicht weit«, sagte er.

Jona schaute aus dem Fenster. Ihr Herz schlug mit jedem Meter, den sie zurücklegten, schneller.

Sie fuhren auf einer Landstraße am See entlang. Keine Häuser weit und breit. Dann hielt der Wagen an.

Eine schmiedeeiserne hohe Toreinfahrt. Halb geöffnet.

»Soll ich Sie bis zum Haus fahren?«

»Nein, nicht nötig. Ich steige hier aus.«

Jona drückte dem Fahrer einen Geldschein in die Hand. »Stimmt so.«

»Danke. Und wenn Sie wieder zurück zum Hotel wollen, dann rufen Sie an.«

Jona stieg aus und wartete, bis das Taxi außer Sichtweite war.

Sie trat durch das Tor. Sie konnte das Haus am Ende der Auffahrt sehen.

Jona holte den Ausdruck aus der Tasche. Es war das gleiche Haus. Lord Fultons Residenz. Imposanter als auf dem Bild.

Jonas erste Schritte waren unschlüssig, der Impuls umzukehren stark.

»O nein«, flüsterte sie, »du bist so weit gekommen … Vorwärts.«

Sie warf die Schultern zurück. Eine Soldatin, die in die Schlacht zog. Mutig, entschlossen. »Vorwärts. Vorwärts.«

Sie erreichte die Haustür. Keine Klingel, kein Namensschild, nur ein sonnenförmiger Türklopfer aus Messing.

Jonas Hand zitterte leicht, als sie den Türklopfer betätigte. Bum. Bum. Bum.

Sie lauschte. Alles war still.

Noch einmal klopfte sie. Bum. Horchte. Und dann hörte sie Schritte.

Eine junge Frau öffnete. Ihre blonden Haare waren zu einem schweren Zopf geflochten. Sie hatte breite Schultern, rote Wangen und trug ein weißes Schürzenkleid, das wie eine Uniform aussah.

»Mrs Fulton?«, fragte Jona.

Die Frau lachte. »Um Gottes willen, nein.«

»Oh ... Ähm ... Guten Tag, ich bin Jona Crawford. Ist ... Ich wollte Lord Fulton besuchen. Ist ... ist er zu Hause?«

Die Frau betrachtete Jona interessiert.

»Mrs ... Cra...«

»Crawford«, sagte Jona.

»Mrs Crawford, erwartet der Lord Sie?«

Jona schluckte. »Ähm ... nein. Nicht direkt. Er ... Es ist eine ... Ich war in der Gegend und dachte ...«

»Kommen Sie rein«, sagte die Frau.

Jona folgte ihr in die Eingangshalle.

»Warten Sie bitte hier, ich sage Lord Fulton Bescheid.«

Die Frau verschwand durch eine der zwei Türen. Ihre Schritte entfernten sich.

Jona sah sich um. Hohe Decken. An den Wänden hingen gerahmte Öllandschaften. Ein See. Ein Fischerdorf. Berge. Alle Bilder ähnelten sich im Stil.

Eine weiße Treppe führte nach oben.

In der Eingangshalle standen ein schwerer Holzschrank und eine gepolsterte Bank. Jona setzte sich. Ihr war schwindelig.

»Mrs Crawford, kommen Sie«, sagte die Frau fröhlich.

Jona stand auf, folgte ihr durch die Tür. Ein großes Wohnzimmer, alles in Grün und Gold gehalten. Am Ende des Zimmers eine weitere Tür, die in einen kleineren Raum mit Kamin führte. In dem Kamin brannte ein Feuer. Ein alter Mann in einem Rollstuhl blickte in die Flammen.

»Lord Fulton, hier ist Mrs Crawford.«

Der alte Mann blickte zu ihr. Ein trüber Film ließ seine Augen fast weiß wirken.

»Mrs Crawford«, sagte er, »kennen wir uns?«

Seine Stimme klang anders als am Telefon.

»Ich ... Wir ... Reisebüro Fairchild. Ich bin ... Ich buche Ihre Reisen seit Jahren ... und Sie erzählen mir Geschichten«, stammelte Jona und wusste, dass sie wie eine Verrückte klang.

»Ich erzähle Ihnen Geschichten?«, fragte der Lord amüsiert.

»Ja«, sagte Jona leise.

Der Lord wandte sich an die Frau mit dem blonden Zopf. »Katie, bringen Sie Mrs Crawford zu meinem Sohn.«

Jona folgte Katie zurück in die Eingangshalle, die Treppe hinauf, einen Gang entlang. Vor der vierten Tür blieb Katie stehen und klopfte. Ohne auf eine Antwort zu warten, öffnete sie.

»John, Besuch«, sagte sie, schob Jona in das Zimmer und schloss die Türe hinter ihr.

Jona blickte sich um.

Holzboden, Kamin, schwere Holzmöbel. Ein Schreibtisch, auf dem ein Computer stand, der wie ein Fremdkörper wirkte. Ein Bett, ein Ledersofa.

Auf dem Sofa lag ein gut aussehender Mann, nicht älter als Jona selbst. Er hatte dunkelblondes dichtes Haar, helle Augen und ein charmantes Lächeln. Schwarze Hose, beiges Hemd. Es roch nach brennendem Holz und einem Hauch von Aftershave.

John stand auf. »Hallo«, sagte er und klang erfreut. »Ich bin John.«

»Jona … Jona Crawford.«

Sein Lächeln hielt an. »Jona Crawford?«

»Aus Bath. Reisebüro Fairchild«, sagte sie unsicher.

»Ah … die Dame aus dem Reisebüro.«

Jona war irritiert. Die Dame aus dem Reisebüro … Merkwürdig. Seit vier Jahren sprachen sie am Telefon. Hunderte Male hatte er sie beim Namen genannt. Aber vielleicht lag es daran, dass sie nun vor ihm stand, unangemeldet, ein ganz anderer Zusammenhang. Seine Stimme klang anders. Sein Lächeln war entwaffnend.

»Was für eine Überraschung«, sagte er und umarmte Jona herzlich.

»Ich … Ich war hier in Schottland in der Nähe und dachte … Ich …« Jona zwang sich, den Mund zu halten.

»Wie lange bleiben Sie?«

»Ein paar Tage.«

»Dann müssen wir heute Abend ausgehen. Darf ich Sie zum Essen einladen?«

Jona nickte. Und wieder sein Lächeln. Charmant, zwei Grübchen. Sie war hingerissen.

26

Die meisten Tische waren besetzt. Er saß bereits, als Jona eintrat. Er stand auf, als er sie erblickte. Er sah unfassbar gut aus in dem gedämpften Licht.

Sie tranken Whiskey und Wasser und hatten den Fisch des Tages bestellt. Jonas Furcht, dass er genauer nachfragen würde, was sie in Schottland mache, in Plockton, wie sie sein Haus gefunden hatte, erwies sich als unbegründet.

John erzählte von sich. Von seinem Vater, dessen Gesundheitszustand immer schlechter wurde, von dem Erbe, das er antreten würde. Von den Anwesen, dem Vermögen, der Kunstsammlung, die bald schon ihm gehören würden.

Es war Protzerei, aber auf eine so charmante Art vorgetragen, dass es sie nicht irritierte oder abstieß.

Lord John Fulton junior war anders als am Telefon. Jona versuchte die Stimme, die ihr so viele wunderbare Geschichten erzählt hatte, mit dem Mann, der ihr gegenübersaß, in Einklang zu bringen.

»Du klingst ganz anders als am Telefon. Gar nicht amerikanisch«, sagte sie schließlich.

»Die meisten Leute klingen anders am Telefon«, sagte er und zwinkerte.

»Ich auch?«, fragte Jona.

Er zögerte kurz. »Ja«, sagte er und bestellte mehr Whiskey.

Er hob sein Glas. »Auf dich. Was für eine wunderbare Überraschung. Jona Crawford.«

Sie stießen an und tranken. Jona spürte den Whiskey in ihrem Bauch. Warm und leicht floss er in ihren Körper. Sie fühlte sich mutig. Sie war mit dem Zug nach Schottland gereist. Hatte an Lord Fultons Tür geklopft. Und jetzt saß sie hier mit diesem charmanten, gut aussehenden Mann in einem Restaurant. Und er schien sie zu mögen. Ihre Zunge wurde locker. Bedenken verschwanden.

»Von all den Geschichten, die du mir erzählt hast, war die von Susan meine liebste«, sagte sie.

»Susan?«

»Deine erste Liebe.«

»Ah ja …« Er lächelte. »Susan … Susan.«

»Ich hatte auch eine erste Liebe. Er hieß Baptiste. Ein Franzose. Es war keine glückliche Liebe.«

»Das haben erste Lieben so an sich. Meine war Amanda«, sagte er.

»Ich dachte Susan«, sagte Jona.

John fasste sich an den Kopf. »Natürlich. Susan und dann Amanda.«

»Weißt du, was aus Susan geworden ist«, fragte Jona.

»Tot«, sagte er.

»Oh Gott, das ist … dann ist sie sehr jung gestorben.«

John nickte. »Arme Susan«, sagte er und griff nach Jonas Hand. »Du hast wunderschöne Augen.«

Und dann ging alles sehr schnell. John beglich die Rechnung, und sie fuhren in seinem dunkelgrauen Jaguar die einsame Straße entlang, und schon waren sie in dem Haus seines Vaters, das bald ihm gehören würde. Auf seinem Sofa küssten sie einander. Und er brachte mehr Whiskey. Sie küssten sich und tranken.

Bis Jona sagte: »Vielleicht sollte ich jetzt ein Taxi rufen und zurück zum Hotel.«

»Bleib hier über Nacht. Wir haben Gästezimmer.«

Er lächelte.

»Ich habe keine Zahnbürste.«

»Wir haben Gästezahnbürsten, Gästepyjamas … Um diese Zeit gibt es keine Taxen in Plockton.«

»O. k.«, sagte Jona.

Er küsste sie wieder, und dann führte er sie, ganz Gentleman, in das Gästezimmer, das ein eigenes Bad hatte. Er gab ihr eine Zahnbürste und einen Pyjama.

»Gute Nacht«, sagte Jona.

Als sie im Bett lag, drehte sich alles. Sie konnte keinen klaren Gedanken fassen, schloss die Augen und schlief bald schon ein.

Sie wachte auf. Ihr Mund war trocken, draußen war es noch dunkel. Jona stand auf. Sie öffnete die Tür und horchte. Von unten waren Stimmen zu hören. Es war, als würde sie eine vertraute Melodie hören. Ohne nachzudenken, stieg sie die Treppe hinab, durch die Eingangshalle. Die Stimmen wurden lauter.

Ihr Herz zog sich zusammen. Die Tür zu dem Zimmer stand offen. Sie sah Lord Fulton in seinem Rollstuhl am Kamin. Eine Stehlampe brannte. Auf einem Sessel saß ein junger Mann, ein Buch in der Hand. Sein Äußeres war unscheinbar, aber seine Stimme erkannte sie sofort.

Sie trat ein.

»Lord Fulton?«, sagte sie.

Der Mann mit dem Buch blickte auf und sagte nichts.

»Ja?«, fragte der Lord im Rollstuhl.

»Wer … wer sind Sie?«, fragte Jona den jungen Mann.

»Mrs Crawford«, sagte er. Auch er hatte ihre Stimme erkannt. »Was … was … Ich …«

Lord Fulton blickte mit seinen halb blinden Augen von einem zum anderen.

»Peter?«, fragte er, »was geht hier vor sich?«

»Ich … Lord Fulton, bitte entschuldigen Sie mich … Ich …«

Er stand auf und ging auf Jona zu.

»Mrs Crawford, bitte darf ich Ihnen alles erklären?«

Jona war verwirrt.

»Ja«, sagte sie.

»Bitte kommen Sie mit.«

Er führte sie zur Haustür, öffnete sie.

»Ich habe keine Schuhe an.«

»Oh«, sagte er.

»Warten Sie.«

Jona lief die Treppen hinauf, zog ihre Schuhe an und schlüpfte in ihren Mantel.

27

Sie verließen das Haus, gingen in einen Garten. Einen schmalen, schwach beleuchteten Pfad entlang. Hinter zwei mächtigen Eichenbäumen stand ein Cottage, aus dem gleichen Stein erbaut wie das Haupthaus. Er öffnete die Tür, schaltete das Licht an.

»Bitte kommen Sie herein.«

Jona folgte ihm.

»Bitte nehmen Sie Platz.«

Sie setzte sich auf ein grünes Sofa, er setzte sich neben sie. Er senkte den Kopf.

»Mein Name ist Peter ... Peter Young«, sagte er leise.

»Ich bin Lord Fultons Assistent und ein Freund seines Sohnes. Ich bin in Chicago aufgewachsen und zur Schule gegangen und habe dann in Edinburgh studiert. Literatur. Ich habe viele Ferien hier verbracht. Lord Fulton war wie ein Vater zu mir. Nach dem Studium wusste ich nicht so recht, wie es weitergehen sollte. Ich wollte ein Buch schreiben, aber ich musste auch Geld verdienen. Lord Fulton hat mir angeboten, hier zu leben und zu schreiben. Ich helfe ihm mit alltäglichen Dingen. Besorgungen. Büroarbeiten. Als seine Augen immer schlechter wurden, bin ich sein Vorleser geworden.«

Er lächelte verlegen. »Das Buch hat mittlerweile sechsundvierzig Fassungen. Es ... es ist nicht sehr gut«, sagte er entwaffnend.

»Und was ist mit den Geschichten, die Sie mir erzählt haben? Susan?«, fragte Jona, »Gab es Susan? Haben Sie ...«

Peter schüttelte den Kopf.

»Es ist eine Geschichte von F. Scott Fitzgerald. *Drei Stunden zwischen zwei Flügen.* Ich habe sie ziemlich abgeändert. Lord Fulton hat ein paar Lieblingsgeschichten, die er immer und immer wieder hören will. Ich habe sie aus der Erinnerung erzählt.«

Jona nickte.

»Die Schöne im Flugzeug?«

»*Dornröschens Flugzeug* von Gabriel García Márquez«, sagte Peter.

»Waren Sie jemals in Warschau?«

»Nein. Die Geschichte heißt *Der perfekte Flirt* von Julian Barnes. Darin geht es aber um Prag. Die Reisen habe ich für John junior gebucht ... Ich ... Vielleicht habe ich mir immer gewünscht, er zu sein. Einen Vater wie Lord Fulton zu haben.«

Ganz anders als der echte Sohn erzählte er von Lord Fultons Leistungen. Von dem Stipendium, das er vergab. Von der Güte und Weisheit des Mannes im Rollstuhl.

»Ich wollte Ihnen die Wahrheit sagen, aber ...«

Er stand auf, ging zu dem Schreibtisch und hielt ein Stapel Papier hoch.

»Ich habe angefangen, Ihnen einen Brief zu schreiben. Aber ich wusste nicht, wie ich mich erklären konnte … Der Brief hat vierunddreißig Fassungen. Er ist nicht gut. Ich wollte nicht, dass die Telefonate aufhören«, sagte er.

Er setzte sich neben sie. »Oft habe ich überlegt, nach Bath zu fahren und Ihnen alles zu erklären. Ich habe John junior von Ihnen erzählt und um Rat gebeten. Er … er hat Erfolg bei den Frauen.«

»Was hat er Ihnen geraten?«

»Sie zu vergessen«, sagte Peter. »Ich habe es versucht, aber dann habe ich doch wieder angerufen.«

Er schluckte. »Ich verstehe, wenn Sie nie wieder mit mir sprechen wollen. Und ich werde Sie nicht fragen, was Sie im Pyjama in Lord Fultons Haus machen«, sagte er und sah sie mit großen Augen an.

Einen Moment schwiegen beide.

»Ich bin hierher gefahren, um Sie, um Lord Fulton nach all den Jahren persönlich kennenzulernen. Ihre Stimme. Ihre Geschichten … Unsere Telefonate. Ich … Und Ihr Freund John … Er hat mich … Wir waren essen. Ich dachte, dass er Sie sind oder Sie … Ich dachte, er wäre der Mann, mit dem ich telefoniert habe. Lord Fulton. Aber …«

Jona stand auf. »Ich bin verwirrt. Ich hole meine Sachen und fahre ins Hotel.«

Sie stand auf und lief aus dem Cottage. Die Haustür der Fultons war unverschlossen. Sie stand in der Eingangshalle.

»Mrs Crawford.« Es war die Stimme des alten Lords.
»Kommen Sie bitte.«

Jona zögerte. Sie wollte weglaufen, aber es wäre zu unhöflich gewesen. Wenn ein alter, fast blinder Lord einen herbeirief, folgte man.

Er wollte alles ganz genau wissen, und Jona erzählte. Sie erzählte Lord Fulton von den Telefonaten, ihrer Reise, dem Abend mit John junior.

Lord Fulton hörte aufmerksam zu, und erst als Jona ihre Geschichte beendete, sagte er: »Lernen Sie Peter kennen. Er ist ein wunderbarer Mensch. Mein Sohn ist mein Sohn. Ich liebe ihn, aber … Er wird das ganze Erbe verprassen, meine Kunstsammlung verkaufen. Nichts Gutes wird im Namen Fulton geschehen. Aber er ist mein Sohn, mein einziger Sohn. Doch er ist nicht Ihr Sohn, Mrs Crawford, Sie müssen ihn nicht lieben.« Er lachte leise. »Peter hat alle Eigenschaften, die man sich in einem Menschen wünschen kann. Verzeihen Sie ihm seinen Schwindel, lernen Sie ihn kennen. Mein Sohn, wenn Sie sich auf ihn einlassen, wird … wird Ihr Herz brechen oder es mit Unachtsamkeit behandeln.«

Epilog

Ein Jahr später

Jona und Keaton standen am Flughafen und verabschiedeten sich von Ravi und der Reisegruppe aus Mumbai.

Draußen stiegen sie in ein Taxi. Zuerst hielt der Fahrer an Keatons Haus.

»Bis morgen, Jona«, sagte er.

»Bis morgen«, sagte sie.

Das Taxi fuhr weiter.

Die Fassade des Hauses war braun, die Haustür rot. Kein dunkles Rot, sondern leuchtend.

Jona hatte sofort gewusst, dass sie das Haus nehmen würde, als sie die knallrote Tür vor zwei Monaten zum ersten Mal gesehen hatte.

Drei Zimmer, Bad, Küche und ein kleiner mit Unkraut bewachsener Garten hinterm Haus.

Der Weg zum Büro war nun länger, aber die meiste Zeit führte sie sowieso Reisegruppen aus Indien durch England.

Glenn, zweiundzwanzig Jahre alt, saß jetzt an ihrem Platz neben Trudy, die aus dem Ruhestand zurückgekehrt war.

Jona schloss die Tür auf.

»Ich bin zu Hause«, sagte sie.

Eine Tür ging auf, und Peter kam auf sie zugelaufen, stolperte fast über einen der noch nicht ausgepackten Umzugskartons.

Er umarmte sie und küsste sie.

»Wie war es?«

»Gut«, sagte sie. »Und hier?«

»Kapitel zwei ist fertig.«

Am Abend kamen Muriel und Mike zum Essen. Muriel hatte Lance vor wenigen Wochen verlassen und ihm das Herz gebrochen.

Peter hatte Spaghetti Bolognese gekocht, Mikes Lieblingsessen.

»Ich habe jemanden kennengelernt«, sagte Muriel und lächelte. »Kann Mike am Freitag bei euch übernachten?«

»Hurra«, rief Mike.

»Klar«, sagten Jona und Peter wie aus einem Mund.

Dann lachte Jona.

»Armer Lance«, sagte sie.

»Manche Geschichten haben kein Happy End«, sagte Muriel und zwinkerte.

Peter strahlte übers ganze Gesicht.

Dann sagte er:

»Und manche schon.«

Claire Scott

Claire Scott ist in Bristol geboren und aufgewachsen. Mit vierundzwanzig machte sie eine Interrailtour quer durch Europa. Sie erinnert sich vor allem daran, dass ihr Rucksack viel zu schwer war. Warum hatte sie auch zwölf Paar Schuhe mitgenommen? Die wichtigste Reise in Scotts Leben war aber eine andere: ein Billigflug nach Berlin – one-way. Seit sechs Jahren lebt sie nun in Berlin, wo die deutsche Grammatik ihr unfreiwilliges Hobby geworden ist. *Eine Fahrkarte für zwei* ist ihr Debütroman.

OKTOPUS VERLAG

Rainer Moritz
Vielleicht die letzte Liebe

Roman

Eine Geschichte über einen Ort,
wo das Leben endet, und die nichtsdestominder
vom Leben in seinen buntesten Farben erzählt.

Bernard Vautrot hat genug. Von den Krisen der Welt, von
Klimawandel und Krieg. Seine Frau ist vor einiger Zeit
gestorben, mit seinem Sohn besteht loser Kontakt. Jahrelang hat Bernard einen Weinladen am Montmartre geführt,
doch auch die Lust an seinem Beruf ist ihm vergangen. Mit
Anfang sechzig will er nicht mehr mitmachen, ohne Groll.
Sich klar werden über sein Leben, das möchte er. Bernard
verlässt sein altes Viertel und zieht in den Osten von Paris.
Nun lebt er direkt am berühmten Friedhof Père-Lachaise.
Tag für Tag – manchmal auch in der Nacht – streift er durch
den Gräberpark, weist Touristen den Weg zu Oscar Wilde
oder Édith Piaf und denkt darüber nach, was es heißt, seine
letzte Ruhe zu finden. Bis er Aurélie trifft, eine junge Foto-
grafin, die mit ihrer Kamera den Père-Lachaise erobert und
Bernard an seinem Rückzug zweifeln lässt. Vielleicht ist das
letzte Wort ja noch nicht gesprochen …

OKTOPUS VERLAG

Louis de Bernières
Corellis Mandoline

Roman
Aus dem Englischen von Klaus Pemsel

»Ein Juwel von einem Roman –
strahlend vor Komik und Tragik.«
Daily Mail, London

Wer auf der kleinen Insel Kephallonia im Ionischen Meer
westlich des griechischen Festlands anlegt, ist geblendet
von der Leuchtkraft ihrer Farben: dem satten Grün der
Pinien, dem schillernden Türkis des Meers, dem warmen
Gelb der Sonnenstrahlen, die sich im klaren Wasser brechen.
Dieses Paradies nennt die wunderschöne siebzehnjährige
Pelagia ihr Zuhause, Tochter des alten Arztes Iannis und
frisch verlobt mit dem Fischer Mandras, der mit den Delfi-
nen schwimmt. Doch es ist 1941, und der Krieg bricht auch
über Kephallonia herein: Mandras wird eingezogen, das Ei-
land von den Italienern besetzt, und Iannis gewährt einem
von ihnen widerwillig Obdach. Capitano Antonio Corelli
wird zunächst von den Einheimischen geächtet, doch mit
der Zeit zeigt sich: Der Soldat ist rücksichtsvoll, nachdenk-
lich und kultiviert – und er spielt betörend schön Mandoline. Pelagia ist verzaubert. Aber darf sie, die einem anderen
versprochen ist, sich verlieben? Noch dazu in einen Feind?

OKTOPUS VERLAG

Hiltrud Baier
Tangosommer

Roman

Eine alte Liebe, die einmal im Jahr zu neuem Leben erwacht.
Im Sommer, in Finnland, beim Tangotanzen.

»Ist es mal wieder so weit?«, fragt der Postbote, als er Riitta
ein großes Paket überreicht. »Nähst du wieder?« Das ganze
Jahr über freut Riitta sich auf diese eine Woche im Sommer, wenn Phil nach Finnland kommt, um mit ihr auf dem
Tangofestival in Seinäjoki zu tanzen. In der Zwischenzeit
führt sie ein ruhiges Leben in ihrem Holzhaus mit Sauna,
fährt mit dem Boot zum Angeln raus auf den Inarisee oder
gärtnert. Über die Vergangenheit und ihre frühere Liebe
sprechen Phil und sie nie, so lautet die Abmachung. Doch
in diesem Jahr zögert Riitta, ein neues Kleid zu nähen – sie
hat das Gefühl, dass Phil nicht kommen wird. Kurzerhand
beschließt Riitta, zum ersten Mal seit siebenundzwanzig
Jahren in ihre einstige Heimat zurückzukehren, um Phil in
Süddeutschland zu besuchen. Der allerdings lädt zur selben Zeit seine Tochter Johanna und seine Enkelin Leni ein,
ihn nach Finnland zu begleiten – er wolle ihnen das Land
zeigen, das er so liebe. Werden Riitta und Phil einander ver-
passen und damit ihre möglicherweise letzte Chance, die
Vergangenheit aufzuarbeiten?